SENDAS DE REDENCIÓN

AGENTE ESPECIAL AINARA PONS Nº 9

RAÚL GARBANTES

Página web del autor:
www.raulgarbantes.com

amazon.com/author/raulgarbantes

goodreads.com/raulgarbantes

instagram.com/raulgarbantes

facebook.com/autorraulgarbantes

x.com/rgarbantes

Obtén una copia digital GRATIS de *Miedo en los ojos* y mantente informado sobre futuras publicaciones de Raúl Garbantes. Suscríbete en este enlace:
https://raulgarbantes.com/miedogratis

ÍNDICE

PRÓLOGO

EN LA OSCURIDAD impenetrable del desierto texano, cerca del río Bravo, Ainara y Alain aguardan en su camioneta. Con las luces apagadas y los móviles silenciados, se funden con las sombras, volviéndose invisibles en la frontera con México. El silencio es tan denso que casi pueden escuchar los latidos de sus propios corazones. Están alerta, cada músculo tenso, listos para saltar a la acción en cuanto el otro vehículo aparezca.

Ainara y su equipo fueron contratados por un político local, Matheu Garland. El hombre es un diputado por el estado de Texas que vive en una pequeña ciudad, lejos de todo. Garland está cansado de que utilicen su condado como carretera del narcotráfico. Sabe que la Policía está metida en el negocio y por eso fue necesario recurrir a medidas extremas: Ainara y su equipo.

Ella siente la adrenalina correr por sus venas. Está en ese punto otra vez, a punto de sacar su arma y sumergirse en el peligro. Algo que juró nunca volver a hacer después de su último enfrentamiento con el Anillo, la organización secreta que la obligó a esconderse. Pero aquí está, tres meses después, lista para otro caso que promete riesgos y emociones intensas.

Si su información es correcta, los narcotraficantes llegarán pronto con cien kilos de cocaína desde México. Ainara se hará pasar por la compradora y, en el momento preciso, ella y Alain les caerán encima. Es un plan audaz, pero están decididos a limpiar el condado de la influencia insidiosa del narcotráfico.

De repente, Alain señala hacia adelante con urgencia.

—Allá.

Ainara ve las luces acercándose rápidamente en la distancia. Su corazón se acelera, bombeando adrenalina pura por todo su cuerpo. Alain está a punto de encender las luces, pero ella lo detiene con un gesto brusco.

—Espera —susurra tensamente, observando el vehículo acercarse. Luego, cuando el momento es perfecto—: Ahora.

La furgoneta blanca se detiene a menos de diez metros, su motor rugiendo en el silencio de la noche. Dos hombres armados hasta los dientes emergen, sus rifles brillando amenazadoramente bajo la luz de las estrellas. Ainara y Alain salen de su camioneta, sus manos cerniéndose sobre las culatas de sus pistolas, listos para desenfundar en un instante.

—¿Trajeron el dinero? —vocifera el hombre mayor, sus ojos duros y calculadores.

—Por supuesto. ¿Y la mercancía? —responde Ainara, su voz firme y controlada.

—Primero el dinero.

Alain saca dos maletas y las abre sobre el capó, revelando fajos de billetes. Pero antes de que puedan hacer otro movimiento, el hombre más joven mete la mano en su bolsillo y saca algo. Ainara contiene la respiración, su cuerpo tenso para la acción.

—FBI, quedan detenidos.

Otros dos hombres armados emergen de la furgoneta, sus pistolas apuntando directamente a Ainara y Alain. En un instante, la situación ha pasado de tensa a explosiva, con la promesa de violencia cargando el aire como electricidad. Ainara y Alain se miran, comunicándose sin palabras, listos para enfrentar lo que sea que venga a continuación.

1

DUELO EN EL DESIERTO

Desierto, Texas
Jueves, 15 de marzo, 9 p. m.

Son cuatro las armas que nos apuntan. Dos rifles y dos pistolas. Los rifles no son buenos para darle a algo en movimiento a corta distancia; las pistolas son más efectivas. Podría hacer un movimiento rápido y acabar con el que me apunta con la pistola primero, luego con el del rifle. Tal vez Alain pueda hacer lo mismo. Si logro distraerlos con algo, será sencillo. Pero por el momento están muy atentos a lo que podamos hacer. El silencio que nos rodea acentúa la tensión. Es como una de esas viejas películas del Lejano Oeste, un típico duelo en el desierto. Sin embargo, aquí no hay buenos ni malos, ellos son agentes del FBI y nosotros hacemos justicia donde nadie más lo hace. No querría hacerles daño a estos agentes.

Alain me observa de reojo para ver mi reacción. Lo que yo haga, él lo copiará. Levanto la mano derecha del arma lentamente y la dejo en alto para que vean que no los voy a atacar. Muevo mi mano izquierda hasta tomar la culata de mi Magnum con los dedos índice y pulgar. Los cuatro me miran sin pestañear, están dispuestos a disparar ante cualquier movimiento extraño. Es mejor relajar la situación, luego veremos cómo salir de esta. Lo miro a Alain y él hace lo mismo que yo. Estoy sacando el arma muy despacio, ahora ya no depende de nosotros, pero tal vez tengamos una oportunidad. Hay un as bajo la manga que de un momento a otro debe salir.

De repente, nos sobresalta una ráfaga de ametralladora que marca una línea en el suelo, levantando polvo. Esa línea va directo hacia la furgoneta. Los cuatro agentes del FBI se arrojan a los costados para evitar ser alcanzados por los proyectiles. El polvo vuela mientras los impactos de bala dan en las luces del vehículo. Alain reacciona rápido y saca su arma, dispara a las luces de nuestro vehículo y de pronto quedamos otra vez en la más profunda oscuridad. Yo me muevo a un costado para salir de la línea de fuego. Demorarán un par de segundos en volver a vernos. Nuestros ojos, enceguecidos por la negrura repentina, no son capaces de guiarnos, así que recurrimos a nuestro instinto. Corremos a tientas hacia donde salió la ráfaga de ametralladora. Ahora se escuchan nuevos disparos, esta vez son los rifles y pistolas de los agentes.

—Deténgase, Pons —grita uno de ellos y por un instante me desconcierta. ¿Cómo sabe mi nombre? Pero reacciono rápido y pronto sigo corriendo. Mis ojos intentan acomodarse, y cuando casi estoy por toparme con un bulto alto y negro, logro advertir que es la silueta de un hombre.

—¿Estás bien? —me pregunta Peter. Antes de escuchar su voz, ya sabía que se trataba de él. Es nuestro as bajo la manga. Había permanecido oculto por si algo salía mal. Salió peor de lo esperado, era una trampa.

—Sí —contesto apresurada—, vámonos ya.

Alain está a mi lado y Peter nos guía hasta su coche, que se encuentra detrás de unos arbustos. Los disparos de los agentes dan en el suelo, muy cerca de nosotros, ya nos ubicaron. Advierto que los haces de luz de sus linternas nos persiguen. Se cruzan alrededor nuestro mientras tratamos de esquivarlos.

—Allí están —grita otro de los perseguidores cuando una linterna me alumbra el rostro. Los disparos siguen a la luz y debo moverme en zigzag, tratando de despistarlos.

—¿Dónde estás, Peter? —grito cuando lo pierdo por un momento.

—Vamos, Ainara —me responde él, que ya llegó al coche y vuelvo a ubicarlo. Me abre la puerta del acompañante. Alain se mete por la parte trasera y yo me precipito a mi asiento. Dos disparos impactan en el coche. Partimos y el vehículo arranca con fuerza mientras cierro la puerta. Los disparos continúan, pero los dejamos atrás.

—¿Qué fue todo eso? —pregunta Peter.

—Una trampa de mierda —contesta Alain enfurecido.

—Pero ¿cómo? —vuelve a preguntar Peter—. ¿Querían atrapar a los compradores o estaban detrás de nosotros?

—Estaban detrás de nosotros —respondo con seguridad—, sabían mi nombre. Si son del FBI, Freddy debería saber algo.

—Primero salgamos de esta y después le preguntamos —dice Peter a la vez que gira el volante para esquivar una gran roca que apareció de la nada. Estamos yendo a campo traviesa en la oscuridad. Peter se inclina sobre el volante para ver mejor el camino, pero aun así es complicado, no hay camino.

La luneta trasera del coche estalla y los disparos comienzan de nuevo.

—¡Diablos! —grita Alain, que fue herido por los fragmentos de vidrio—. Ya verán.

Alain saca de nuevo su arma y va a dispararles, pero lo detengo.

—Recuerda que son agentes —le digo—, solo hacen su trabajo.

—Está bien —dice Alain, resignado—, pero acelera, Peter. No quiero que estos trabajadores me vuelen la cabeza.

Peter no encendió las luces. Queremos perderlos antes de llegar a la carretera 83, una vez allí, no nos alcanzarán. Los tiros siguen dando en la carrocería de nuestro coche. La furgoneta sin luces viene detrás, acercándose, solo se distingue un resplandor en la cabina, tal vez de algún móvil, y las linternas que nos siguen. Otro tiro suena cerca de mí. Van más rápido que nosotros, no necesitan ver por dónde, solo nos siguen. El trabajo difícil lo está haciendo Peter.

—Ya es suficiente —dice Alain mientras recoge un rifle que Peter había dejado atrás—. Si seguimos así, nos darán alcance.

—¡Alain! —le grito.

—No te preocupes, Ainara —dice Alain, relajado—. Mi padre me enseñó a usar uno de estos cuando tenía ocho años.

Ainara y Peter saben a qué se refiere. Conocían muy bien al padre de Alain y su habilidad con las armas. De hecho, el arsenal que lleva Peter en la cajuela del coche le pertenecía a él.

Alain saca medio cuerpo por la ventanilla y apunta con el rifle.

—Además —nos grita ya con el cuerpo afuera mientras apunta—. Vendí muchos como este haciendo demostraciones, observen.

Presiona el gatillo y el proyectil le da a la rueda delantera izquierda de la furgoneta. El neumático estalla y el vehículo pierde el control. Está a punto de volcarse, pero el conductor logra estabilizarlo. Sin embargo, la furgoneta ya no está en condiciones de perseguirnos, así que rápidamente comienza a rezagarse. Alain vuelve a entrar al coche, satisfecho, esta vez sonriente.

—Les dije que sabía usarlo —dice Alain y Peter sonríe. Entiendo por qué.

—Tu padre estaría orgulloso —le digo a Alain y Peter me mira, afirmando con la cabeza.

2

EL PAQUETE Y LA ALMOHADA

SAN IGNACIO, Texas
Jueves, 15 de marzo, 10:30 p. m.

YA EN LA CARRETERA, Peter dobló hacia la izquierda, nuestro motel se encontraba en esa dirección.

—¿Y ahora qué? —preguntó Alain.

—No me gusta que me engañen —respondí. En ese momento mis compañeros supieron cuál sería nuestro próximo paso. Incluso creo que estaban esperando que diera la orden—. Iremos a ver a quien nos contrató, más le vale que tenga una buena explicación.

Seguimos por la carretera hacia la ciudad. Mientras Alain se ocupaba de limpiar y recargar nuestras armas, atravesamos el centro urbano. El diputado tiene mucho por explicarnos. Cuando hablé con él, me pareció sincero, no digo honesto, porque esa es una palabra muy grande para un político, pero al menos, en este caso, parecía querer justicia. Por eso fue tan grande mi sorpresa cuando aquellos agentes del FBI demostraron conocerme. No esperaba que Garland me hubiera tendido una trampa.

Llegamos a una zona residencial en las afueras, donde el hombre tiene su mansión. Pasamos por la puerta y nos detenemos más adelante, doblando en la esquina.

La reja que rodea la casa posee cámaras, pero no hay personal de seguridad. Lo vimos cuando pasamos, será fácil entrar. Luego de estacionar, se adelanta Alain con un suéter en la mano y cubre una de las cámaras con la prenda, la que apunta al extremo este del terreno. Cuando nos hace una seña, Peter y yo nos acercamos. Los tres saltamos la reja por ese sector y nos colamos en la casa por la parte de atrás. Uno de los ventanales estaba abierto de par en par, como invitándonos a pasar. Entramos con las armas en la mano.

La planta baja está a oscuras y no hay ningún movimiento. Alain recorre un pasillo que da a los cuartos de este nivel y vuelve negando con la cabeza, no hay nadie. Nos aproximamos a la escalera y se ve algo de luz en el primer piso. Los tres verificamos que nuestras armas estén listas. A mi indicación, subimos, y pronto escuchamos un sonido que rompe el silencio. Es el jadeo de una mujer, eso delata en qué habitación se encuentran. Es de donde venía la luz, la puerta está entornada y la línea de claridad iluminaba el corredor. Nos miramos los tres y nos alzamos de hombros: deberemos interrumpir. Abrimos la puerta de donde proviene el sonido y entramos.

Una mujer desnuda está moviéndose de forma acelerada sobre el diputado, es mucho más joven que él. No tardan más de dos segundos en advertir nuestra presencia. La mujer grita y se tapa con la sábana. El diputado queda entonces expuesto y se agarra los genitales con las dos manos.

—¿Qué demonios hacen aquí? —pregunta el hombre entre enojado y temeroso mientras busca algo con qué cubrirse para que no se le vean sus partes.

Me adelanto con la Magnum en alto, apuntándole a la cabeza.

—Nos mandaste a una trampa, maldito cerdo. —La mujer sigue gritando mientras salta fuera de la cama envuelta en la sábana.

—Tú, cállate —le dice Alain, mostrándole su arma, y la mujer hace silencio de inmediato.

—No sé de qué hablan —dice Garland, que toma una almohada y la pone sobre su pelvis.

—En lugar de narcotraficantes —le digo, amenazante—, acudieron al encuentro agentes del FBI.

—No puede ser —responde el político, tratando de enderezarse, pero se vuelve a sentar para no quedar expuesto—, mi dato era correcto.

—No fue algo casual —interviene Peter dando un paso adelante—, sabían quiénes éramos y estaban allí por nosotros.

—Les juro que no sé qué sucedió —dice Garland desconcertado—. No sé si me engañaron a mí también o alguien se enteró de lo que hacíamos y filtró la información, pero quien me dio el dato es una persona honesta y de suma confianza.

Los miro a mis compañeros, sopesando la situación. El diputado parecía decir la verdad, tampoco está en condiciones de hacer otra cosa, pero quiero saber la opinión de mi equipo. Peter me mira sin hacer ningún gesto y Alain deja de apuntar a la chica. Vuelvo a mirar al político. Si él no tuvo nada que ver, debemos averiguar quién fue, alguna pista nos puede dar.

—Les juro que no sabía nada de esto —insiste ya suplicando—. ¿Por qué me involucraría en algo así? Yo quería acabar con los traficantes, no tengo ninguna necesidad de jugarles una mala pasada.

Toma una segunda almohada y se levanta del colchón, se tapa con una delante y con la otra atrás. Los miro a los muchachos, sorprendida. Camina así hasta una mesa que se encuentra en la esquina de la habitación. La escena se torna graciosa. Sobre la mesa hay un paquete. Duda un instante porque no sabe cómo agarrar el paquete sin soltar las almohadas. Lo miro a Alain, que intenta contener la risa, y quiero reírme también, pero guardo la compostura. No es momento para risas. El hombre se las ingenia para levantar el paquete con la misma mano que lleva la almohada de adelante y se acerca a mí.

—Mira —me dice moviendo el paquete—. Aquí tengo preparado el dinero que habíamos acordado. ¿Para qué lo tendría si pensaba que los atraparían? Agarra el paquete, por favor.

Miro el paquete que sostiene sobre sus genitales y me muerdo el labio para no reír. Lo escucho a Peter carraspear, supongo que disimula la risa.

—Quita eso de aquí —le digo. El hombre parece no

entender. Alain entonces se adelanta y toma el dinero con un gesto de asco.

—Esto habrá que desinfectarlo —dice Alain y yo cambio de tema rápido para no lanzar una carcajada.

—Dime quién te dio el dato —continúo, tratando de volver a concentrarme y superar el momento embarazoso. Imagino las caras de Andrew y Junior cuando Alain cuente lo que nos pasó.

—Sí —dice Garland—, fue un *exranger*, John Klein. Es un hombre mayor que ha visto a través de los años cómo la corrupción va ganando terreno. Pero les aseguro que él no me engañaría, es el hombre más honesto que conozco.

—Ya lo veremos, danos su dirección —le digo y los miro a mis compañeros para irnos. Ya no hay mucho más que hacer aquí. Peter se arrima a la cama y quita la sábana que cubre el colchón. Se la lanza al diputado para que se tape. El hombre se envuelve en la tela y deja las almohadas. Ahora podrá darnos la dirección del contacto.

3

¿FREDDY, LO SABÍA?

AFUERAS DE SAN IGNACIO, Texas
Viernes, 16 de marzo, 7:30 a. m.

SUENA el móvil y me despierto sobresaltada. Ya es de día, pero siento que he dormido poco, debe ser temprano.

Después de salir de la casa del diputado, nos preguntamos cómo seguir. Peter quería ir al rancho del *ranger* para descubrir al traidor. Alain sugería salir del estado por seguridad. Ambos tenían razón: quedarse era peligroso, pero irnos significaba perder pistas. Decidimos pasar la noche en el motel, usando nombres falsos y móviles no rastreables. Nadie nos había seguido desde la casa de Garland, así que estábamos seguros. Avisamos al equipo de Nueva York y le conté todo a Andrew para que investigara. No pudimos contactar a Freddy, su teléfono estaba apagado, y era con quien más quería hablar.

15

Peter y Alain durmieron en una misma cama, mientras que yo lo hice en la de al lado. Por razones de seguridad, anoche dejamos la habitación de ellos libre y vinieron a la mía. Si había que moverse rápido, era mejor que estemos juntos. Ahora también se han despertado y quieren saber de qué se trata.

—Hola, Ainara —saluda Tanaka—, disculpa que anoche no les respondí. Estuve hasta hace unos minutos en una operación secreta en la que no pude llevar mi teléfono. ¿Cómo salió el operativo?

—Muy mal —respondo—. Por eso te llamé anoche. Fue una trampa: en lugar de narcotraficantes, aparecieron agentes del FBI.

—¿En serio? —pregunta Tanaka, sorprendido—. ¿Se encuentran bien?

—Sí, por poco, pero bien —contesto—. ¿Qué sabes de eso, Freddy?

—No sé nada —me contesta y su voz muestra su desconcierto—, me acabo de enterar. Imagino que debe haber sido algún operativo antidrogas que se topó de casualidad contigo.

—No, Freddy —le explico—, me estaban buscando a mí.

—Espera, Ainara —me interrumpe Tanaka, deteniéndome—, eso es imposible. Smith estuvo conmigo todo el tiempo. Si hubiera habido alguna alerta sobre ti, Smith habría estado informado y ya estaríamos allí.

—¿Crees que me puedan perseguir sin que Smith se entere? —pregunto buscando alguna explicación.

—Es poco probable —responde Tanaka—. Cuando

algún caso entra en el sistema, la información se entrecruza con el resto de los casos que involucran al mismo sospechoso. En lo que a ti compete, Smith es quien tiene más casos abiertos, por lo que necesariamente deberían avisarle.

—¿Y entonces? —pregunto confundida.

—Debo investigar un poco, pero hay en esencia dos posibilidades —me explica—. O no eran verdaderos agentes, o trabajan para una unidad independiente. Tú eres una fugitiva con contactos en sectores de poder…

—Y la forma de evitar filtraciones —lo interrumpo al comprender a dónde se dirige— es una unidad independiente que no se reporta a nadie.

Alain se ha sentado en la cama y Peter ya está de pie. Ambos escuchan la conversación porque la puse en altavoz. Peter hace un gesto raro con la boca.

—No creo que fueran agentes falsos —dice Peter—. No tendría sentido. En vez de presentarse como agentes, nos hubieran disparado directamente.

—Peter tiene razón. ¿Lo escuchaste? —le pregunto a Freddy en el teléfono.

—Sí, es verdad —responde.

—Averigua quiénes son, Freddy —prosigo—. Si son agentes, debe haber alguna forma de encontrarlos. Quiero saber cómo se enteraron de nosotros.

—Perfecto —responde Tanaka—, haré lo que pueda. Smith se pondrá como loco si se entera de que te persiguen sin él.

—Procura que se entere entonces —le digo—. Si él entra en el juego, tú podrás estar al tanto de todo.

Cuelgo el teléfono y Peter me mira.

—¿Qué dices ahora, Ainara? —me pregunta—. ¿No quieres que hablemos con ese *ranger*?

Lo miro a Alain.

—Tal vez Peter tenga razón —me dice Alain—. Hablemos con ese *ranger* y luego larguémonos de aquí.

4

EL RANGER RETIRADO

Rancho en el desierto, Texas
Viernes, 16 de marzo, 8:30 a. m.

SUBIMOS AL COCHE Y ARRANCAMOS. Teníamos un paquete de galletas, ese fue nuestro improvisado desayuno.

—Tal vez estén buscando este coche —dice Alain al rato de estar andando.

—Lo dudo —contesto—. Anoche estaba muy oscuro, no creo que lo hayan podido identificar. Ni siquiera deben haber reconocido el color. Además, Peter había cubierto la placa, así que no debemos preocuparnos por eso.

Atravesamos otra vez la ciudad, pero ahora seguimos de largo y nos adentramos en el desierto. Nunca viví en el desierto. A simple vista, creo que me resultaría mejor que la playa. Recuerdo que cuando me refugié en las montañas, no estuvo para nada mal. A diferencia de la vida en la playa, que es relajada y tiende a la flojera, el trabajo duro y la rudeza del bosque me mantenían activa y en forma, creo que en el desierto podría pasar algo similar. Tal vez algún día lo pueda comprobar, nunca se sabe.

—Ya llegamos —me avisa Peter, que se encuentra al volante.

Veo a mi alrededor y encuentro enfrente un burdo cerco de madera vieja. Son apenas palos parados uno junto al otro que delimitan una propiedad. Afuera está el camino; adentro, una densa trama de arbustos bajos. Un poste más alto sostiene un cartel con letras pintadas a mano que anuncia el nombre del lugar: Rancho Bravo. A su lado, la tranquera desvencijada está cerrada y tiene otro cartel que dice «Prohibido el paso».

—Debe ser un ermitaño —dice Alain mientras recoge el rifle del suelo del coche—. Yo puedo esconderme en algún lugar entre los matorrales mientras ustedes entran por el frente.

—Nada de eso —le digo—. Voy sola.

—¿Estás segura? —pregunta Alain rascándose la cabeza rapada—. No sé cómo será ahora, pero los *rangers* de Texas de antes eran tipos muy rudos. Alguna vez tuve que salir corriendo para alejarme de uno.

—¿Hay algo que no hayas hecho? —le pregunta Peter—. Eres casi un niño, ¿cómo puedes haberte metido en tantos problemas?

—¿Un niño? —responde Alain, ofendido.

—Muchachos… —interrumpo su discusión antes de que vaya a mayores—. No es momento para eso.

—Disculpa, Ainara —dice Peter—, pero hay algo en lo que Alain tiene razón. Los *rangers* son tipos rudos.

—Cuento con eso —explico—. Un tipo rudo de verdad respeta a las mujeres. Propasarse con una mujer es de cobardes, no de hombres verdaderos.

Ni Peter ni Alain objetan mi razonamiento. No sé si porque están de acuerdo o porque no me entendieron, pero no dicen nada y se quedan en el coche cuando salgo. Me acerco a la entrada y abro la tranquera, que rechina. Un sendero amplio por el que podría pasar una camioneta se abre hacia la casa, que se encuentra cincuenta metros adelante. De hecho, veo en el camino las huellas de un vehículo grande, probablemente un todoterreno. A medida que me aproximo, observo que la casa está en buenas condiciones, nada que ver con lo que insinuaba el cerco perimetral. Tiene un amplio porche con unas bonitas plantas que parecen rosales. No es un tipo de planta que crezca fácilmente en esta región, deben haber requerido mucho cuidado.

Noto un movimiento y recién advierto al hombre que está sentado en una silla y que acaba de levantar la cabeza. Tiene un rifle en el regazo. No es la bienvenida que esperaba, o tal vez sí. En el fondo, sabía que el diputado le habría avisado, así que, en lugar de estar adentro apuntándome desde una ventana, el que esté allí sentado de lo más tranquilo es una buena señal. Me detengo a una distancia prudencial, no quiero que se sienta invadido, no llevo mi Magnum en la cintura, pero sí en la espalda.

—Buenos días —saludo—. Mi nombre es Ainara Pons. El señor John Klein, supongo…

—Así es, señora —responde el *ranger* con el acento característico de la zona. Me mira por debajo de su sombrero de vaquero. De inmediato, me hace recordar a Clint Eastwood, mi actor preferido. Es delgado y fuerte, e imagino que bastante alto. Tengo la tentación de llevar la mano a mi arma y decirle «anda, alégrame el día». Es que de joven quise tener una Smith & Wesson por efecto de *Harry el sucio*. Me doy cuenta recién ahora de cuánto influyó esa película en mi vida. A decir verdad, soy un poco como «Harry Callahan», hago justicia y los corruptos me persiguen. El hombre se me queda mirando al ver que no digo nada. Me resulta imposible saber su edad, podría tener sesenta o setenta años—. ¿En qué puedo ayudarla?

Me acerco un paso más y vuelvo a ver las plantas que rodean el porche, estoy segura, son rosas.

—Qué bellas rosas tiene aquí —digo—. No creo que sean fáciles de cuidar.

El *ranger* me mira frunciendo el ceño y vuelvo a ver a Clint Eastwood.

—Ciertamente, señora —me responde—, nada bello crece en el desierto por sí solo.

—Disculpe que me entrometa, señor Klein —continúo tratando de relajar la situación—. Pero tiene unos hermosos rosales y la casa está muy bien cuidada. ¿Por qué el cerco de afuera parece que se viene abajo?

—Prefiero mantener un perfil bajo, señora Pons —me responde—. No quiero llamar la atención, pero tampoco me gusta vivir en la suciedad.

Asiento con la cabeza mientras echo otro vistazo alrededor.

—No creo que esté buscando trabajo como paisajista, señora Pons —dice el *ranger*—. ¿Por qué no me cuenta a qué vino?

—Imagino que el diputado Garland le habló de mí —le digo al advertir de que el hombre quiere ir al grano. Para mi sorpresa, relaja su gesto adusto con una sonrisa.

—Creo que anoche le dio un lindo susto, señora —me dice—. Me gustaría haber visto su cara.

—Le aseguro —le digo y yo también sonrío— que a mí me hubiera gustado no ver esa escena.

El *ranger* lanza una carcajada tan fuerte que debieron haberla escuchado mis amigos en el coche.

—Ese viejo baboso se lo merecía —continúa—. No es malo, sabe, pero piensa más con su miembro que con la cabeza. Disculpe la expresión, señora Pons.

—No se preocupe, señor Klein —respondo más tranquila, parece que la anécdota con Garland resultó oportuna para aflojar la tensión—. Hoy en día no hay muchas cosas que me horroricen.

El *ranger* me mira como midiéndome. Está analizando qué hacer conmigo, si colabora o me expulsa de sus tierras.

—¿Su gente está en el coche de allí afuera? —me pregunta y le respondo asintiendo con la cabeza. Creo que lo mejor es ser honesta.

Él también asiente con la cabeza como aprobando mi actitud y luego levanta el rifle, lo aparta y lo apoya a un costado contra la pared. Me parece que ya pasó lo peor. Klein debe haber pensado que yo vendría a punta de pistola como lo hicimos con Garland. Al comprobar que no actuaré de ese modo, su predisposición cambia por completo. Así que comenzaré a preguntar.

—Primero que nada, le quiero pedir disculpas, señora Pons —me dice empujando hacia arriba el ala de su sombrero con una mano. No me esperaba esas palabras—. No sabía del FBI, de hecho, ni siquiera sabía que usted tenía problemas con la ley. El viejo Garland solo me contó que había contratado a un equipo especial para atrapar a esos bastardos. Hace años que veo como esos adictos utilizan nuestro pueblo como una carretera, solo les pagan peaje a los policías corruptos y se pasean a sus anchas. Me pareció bien que un político se decidiera a hacer algo.

—¿Tiene alguna idea de lo que pasó? —le pregunto. No tengo dudas de que él no tiene nada que ver con la emboscada, pero tal vez sepa algo que me ayude a identificar al responsable. Klein confía en Garland, así que la filtración debería haber salido por otro lado.

—Anoche —me explica—, luego de hablar con Garland, quedé bastante preocupado. No me gusta que se burlen de mí, así que llamé a un par de contactos. Me enteré recién entonces de que los contrabandistas fueron arrestados ayer por la tarde en México. Lamento no haberme enterado antes, se hubiera evitado este problema. Al parecer, había alguien del FBI infiltrado en la banda de traficantes. Como le dije antes, señora Pons, hace años que se pasean sin problemas, es muy extraño que justo ayer los hayan arrestado. Alguien le avisó al FBI de su presencia y por eso al fin actuaron, pero no sé quién fue. Evidentemente, les importaba más atraparla que el negocio de la droga.

24

—Aparte de usted y Garland, ¿quién más sabía de este trabajo? —pregunto buscando alguna pista. Ya está aclarado qué fue lo que pasó, ahora debo descubrir cómo pasó. No comprendo quién pudo filtrar la información y quizás el *ranger* tenga alguna teoría.

—Lo único que se me ocurre —dice Klein pensativo — es que quien la recomendó a usted haya hablado del tema con alguien más.

Eso tiene sentido, en realidad no sé cómo Garland se enteró de nosotros. Kim fue quien hizo el trato con él, pero alguien tiene que haber hecho el contacto. Puede ser que haya sido una trampa desde el principio y que todos hayamos sido manipulados.

—Algo más sucedió esta mañana temprano que me sorprendió bastante —agrega Klein—. Recibí el llamado de un amigo del que hacía años no tenía noticias. Él era un joven *ranger* cuando yo estaba a cargo de esta región, luego se fue a Washington para realizar una carrera política. Me dijo que si la veía a usted, le dijera que lo contacte.

Me lo quedo mirando porque no sé de quién está hablando, ni cómo sabía que yo vendría a verlo. Esto se torna aún más extraño.

—Su nombre es William Thornton —me aclara Klein y no necesita decir más porque ya sé de quién se trata. Es el secretario de Defensa. Trabajé con él hace años cuando estaba en Seguridad Nacional y lo conozco muy bien—. Él me dijo que se enteró de lo sucedido con el FBI y que, conociéndola, sabría que vendría a hablarme. Me dijo que usted era de confianza y que la ayudara en lo que necesitase. Lamento no poder ser de más ayuda.

—Le agradezco, señor Klein —le digo mientras reflexiono en lo que me acaba de decir. ¿Por qué de repente Thornton se interesa en mi bienestar? Años sin saber de él y de pronto aparece de la nada—. La información que me dio me ha ayudado bastante. ¿Sabe qué quiere Thornton conmigo?

—Me dijo que quería hablar con usted, que necesitaba sus servicios y que él podría ayudarla con sus problemas legales.

Me quedo pensando otra vez en las palabras del *ranger*. Algo está buscando Thornton de mí, no creo que quiera atraparme, debe necesitar alguna cosa. Klein interrumpe mis pensamientos.

—Me gustaría invitarla a pasar con sus muchachos para que tomen algo fresco —me dice señalando con la cabeza al coche que está estacionado afuera—, pero dado los recientes acontecimientos, y teniendo en cuenta que ya demasiada gente sabe de usted, tal vez sería conveniente que salga del estado lo más rápido posible.

Creo que el hombre tiene razón. Mis pasos han sido anticipados por mucha gente, creo que es una suerte que el FBI no esté rodeando el rancho en este momento. Eso me indica que no es Thornton quien me persigue, si sabía que vendría aquí, podría haberme estado esperando su gente. Será mejor marcharse.

—Señor Klein —le digo—, cuente conmigo si alguna vez me necesita.

—Espero no necesitarla, señora Pons —responde el *ranger*—. Pero de hacerlo, no dude de que la buscaré.

5

EN LA CARRETERA

Algún lugar de Texas
Viernes, 16 de marzo, 1:10 p. m.

Cuando volví con mis compañeros al coche, ambos me miraron expectantes. Querían saber qué pasó con el *ranger*.

—No sabe nada —les dije apenas entré al vehículo —. Debemos irnos, en el camino les cuento.

Les expliqué que el *ranger* me pareció sincero. Averiguó que los contrabandistas habían sido atrapados en México y que Klein no sabía quién nos podía haber delatado.

Peter estaba molesto, no le gustaba no saber lo que estaba pasando. Alain, por el contrario, estaba contento de que ya nos estuviéramos yendo, para él, el tema estaba cerrado. Yo seguía sin saber qué pensar, así que opté por llamar a Tanaka y contarle todo. Él me respondió que esa información le servía, si hubo un arresto en México, tendría que estar registrado el nombre de alguien. Me dijo que me llamaría más tarde, cuando descubriera algo.

El paso siguiente fue llamar a Kim. Si el *ranger* tenía razón, tal vez ella podría darnos una pista.

—Kim, necesito que me digas exactamente cómo te contactó Garland —dije con seriedad en cuanto me atendió.

—Me llamó a mi número privado —respondió Kim con confianza—. Pero no te preocupes, ya me encargué de investigar cómo lo obtuvo.

Su respuesta me sorprendió. Kim siempre estaba un paso adelante.

—¿Y qué descubriste? —pregunté, ansiosa por saber más.

—Garland dijo que la diputada Eva Longobardi le habló de nosotros —explicó Kim—. Pero no me quedé con eso. Hablé con Junior y él corroboró la historia con la congresista directamente.

Eso tenía sentido. Longobardi ha sido una aliada confiable en el pasado. Pero aun así, algo no encajaba.

—¿Crees que Longobardi pudo haber cambiado de bando? —pregunté, expresando mis dudas—. Si el Anillo está detrás de esto, podrían estar extorsionándola.

—Ya consideré esa posibilidad —dijo Kim—. Pero basándome en nuestra historia con ella, creo que podemos descartarla por ahora. Mi intuición me dice que Garland es el eslabón débil aquí.

Asentí, coincidiendo con su evaluación. Klein también había sugerido que Garland podría ser el problema.

—Buen trabajo, Kim —dije con aprecio—. ¿Cuál crees que debería ser nuestro próximo paso?

—Sugiero que nos enfoquemos en salir del estado lo antes posible, como recomendó Klein —propuso Kim—. Pero antes de irnos, déjame hacer algunas averiguaciones más sobre Garland. Quiero asegurarme de que no haya ninguna sorpresa desagradable esperándonos.

—Me parece un plan sólido —acepté—. Mantenme al tanto de lo que encuentres. Y Kim... Gracias por estar siempre un paso adelante.

Pude percibir su sonrisa a través del teléfono.

—Para eso estoy aquí —dijo con calidez—. Somos un equipo.

Colgué, sintiéndome más tranquila sabiendo que Kim estaba en control de la situación. Con ella cubriendo nuestras espaldas, podíamos concentrarnos en hacer nuestro próximo movimiento con confianza.

Me volví hacia Peter, quien había estado escuchando mi conversación con Kim.

—¿Qué hacemos ahora? —me preguntó.

—Nos preparamos para salir del estado —respondí con determinación—. Pero mantén los ojos abiertos. Con Kim investigando a Garland, pronto tendremos un panorama más claro de lo que está sucediendo aquí.

Peter asintió, comprendiendo la importancia de permanecer alerta. Con un plan en marcha y el equipo trabajando en conjunto, estábamos listos para enfrentar cualquier desafío que se nos presentara.

—Sigue derecho por la carretera hacia el límite estatal. Tal vez tengamos un nuevo trabajo esperándonos.

—¿A qué te refieres? —me preguntó Alain.

De ese detalle no les había hablado hasta el momento. Por algún motivo, había retenido esa información. Creo que no estaba segura de confiar en Thornton y no quería crear falsas expectativas.

—En cuanto sepa, les digo —respondí. Primero quería hablar con William Thornton antes de tomar una decisión. Le escribí al número que me dio el *ranger*, pero no obtuve respuesta. Así que tenía que esperar.

Estaba dormitando en el coche cuando Peter me tocó el hombro con suavidad. Desde la casa de Klein hasta el límite del estado teníamos diez horas en coche. Ya había hecho todo lo que podía hacer, no me quedaba nadie a quien llamar. Ni Andrew ni Junior podrían aportar otra información, por eso no me molesté en contactarlos.

Lo miro a Peter, pensando que me había despertado porque era mi turno de conducir, pero no era eso.

—Está vibrando tu teléfono —me dice y tardo un instante en reaccionar. Recojo el móvil. Ya hace más de cuatro horas que estamos en la carretera. Veo que quien me llama es Tanaka, y lo atiendo.

—El dato que me diste sobre los contrabandistas en México —me dice entusiasmado— me guio a los responsables de la emboscada.

—Cuéntame —le pido y me acomodo en el asiento, por fin tenemos algo.

—La operación fue realizada entre la Policía de México y el FBI —me explica—. Por lo tanto, por ser un trabajo conjunto entre fuerzas de dos países, debió ser aprobado por distintas autoridades. A partir de ahí pude encontrar al equipo que te emboscó. Es lo que suponíamos, una división independiente que se encarga de perseguir fugitivos peligrosos sin reportar a nadie más que a Asuntos Internos si hay algún agente sospechoso de estar implicado.

—Buen trabajo, Freddy —le digo—. Entonces, fue todo legal y se siguieron los procedimientos.

—No fue tan así, Ainara —me corrige—. Como te explicaba, para realizar el operativo, hubo que obtener la firma de varias autoridades, esto suele llevar un tiempo. Sin embargo, en este caso, todo se realizó ayer mismo. En pocas horas estuvo todo aprobado, desde el atrapar a los contrabandistas hasta la trampa que te tendieron a ti. Tú sabes de estas cosas, Ainara, sabes lo que cuesta obtener una orden de arresto, imagina si esto sucede en lo internacional.

—Entiendo —le digo—. Alguien con mucho poder debería estar moviendo los hilos. Investiga entonces a ese equipo del FBI y fíjate qué descubres. Me interesa saber quién nos delató.

—Espera, Ainara —me interrumpe—, no he terminado. Este equipo sigue en Texas, está buscándote. No te acerques al aeropuerto porque han enviado una alerta con tu foto. También lo han hecho con los cruces estatales, evita a la policía.

Le corto a Freddy y los miro a mis compañeros, escucharon todo porque el móvil estaba en altavoz.

—Hay que encontrar una ruta alternativa —dice Peter. Ya habíamos decidido irnos en coche en lugar de avión, pero ahora también es peligroso usar la carretera principal.

—Todo bien con la ruta de escape —interviene Alain

—, pero primero encontremos un lugar donde comer, no puedo más del hambre.

Estoy por decirle que apoyo su sugerencia cuando vuelve a vibrar mi móvil. Lo reviso, es el número de WhatsApp de Thornton. Leo el mensaje:

«Debes venir a Washington urgente. Cuando estés aquí, vuelve a escribir, nos encontraremos en el último lugar que nos vimos. Es muy importante para los dos.».

—El trabajo es en Washington —anuncio. La respuesta de Thornton me confirma que se trata de él. La última vez que nos vimos fue en un lugar sin testigos, nadie más que él podría citarme allí—. No tengo los detalles, pero nos contrata el secretario de Defensa.

—Okey —dice Peter—. En seis horas deberíamos estar fuera del estado, en siete, yendo por un camino alternativo.

—¿Cómo creen que podríamos llegar a Washington con rapidez? —les pregunto. Estoy cansada y me cuesta pensar, seguro que alguno de ellos tendrá una propuesta.

—Alain —dice Peter—, busca un aeropuerto en Nuevo México del que podamos partir a Washington con discreción.

—Perfecto —responde Alain—. En mi otra vida tuve que llevar alguna mercadería sin papeles en regla desde Nuevo México a Ciudad Juárez, conozco el lugar adecuado.

6

REDENCIÓN

Washington D. C.
Sábado, 17 de marzo, 3:25 p. m.

EL VIAJE de ayer fue agotador. Llegó un punto en que no quise contar las horas de viaje. El camino alternativo que utilizamos para salir del estado de Texas, en determinado tramo, estaba cerrado. Tuvimos que dar un gran rodeo para encontrar otra ruta. Por fin llegamos a Nuevo México, pero debimos conducir varias horas más. Cuando llegamos al pequeño aeropuerto que conocía Alain, ya era muy tarde. El piloto se negó a realizar el vuelo a esa hora de la noche, dijo que llamaría demasiado la atención, que lo mejor sería viajar por la mañana, cuando había mucho tráfico y nadie notaría una pequeña avioneta. Así que pasamos la noche en el coche porque no quisimos buscar un motel para no tener contacto con nadie más.

Temprano a la mañana, con el cuello y la espalda adoloridos, la luz del sol nos despertó. Tuvimos que esperar al piloto. Cuando llegó, no fue necesario hablar demasiado. Subimos a una avioneta destartalada y volamos hasta Maryland. El vuelo fue rápido. Aterrizamos en un pequeño aeropuerto para aviones de fumigación. Allí conseguimos un vehículo para al fin entrar en Washington D. C., donde luego buscamos un motel cerca de la ciudad. Le avisamos a Kim y a Andrew que habíamos llegado bien y después le escribí al secretario de Defensa. Él me citó «donde ya sabía» a las tres y media de la tarde.

AHORA CAMINO al punto de encuentro con el secretario Thornton. Voy a pie porque quería observar el terreno antes de llegar. No hay nada raro. Pronto veo el cartel: Shake Shack. Entro al lugar. La última vez que nos vimos tomamos una malteada aquí. Fue una situación extraña: con una malteada cada uno, me pidió que renunciara a mi cargo de secretaria de Seguridad Nacional. Thornton era mi segundo en ese momento, así que él asumiría el puesto. Me sorprendió su proposición, pero sus argumentos me resultaron convincentes. Me dijo que por más que yo fuera una profesional excelente en el área de seguridad, el cargo era eminentemente político. Me explicó que pronto las presiones políticas, a las que sabía que yo no cedería, serían tan fuertes que terminarían por destruirme. Al principio no supe qué decir y rechacé la idea. Le dije que lo pensaría y nos despedimos. Luego reflexioné sobre el tema y comprendí que solo había llegado a ese cargo, porque el Anillo consideraba que podría manipularme con facilidad. En ese momento creí que, sin el Anillo en el juego, no tenía sentido que siguiera en esa posición. Al otro día renuncié. Nunca me interesó el poder, solo quería trabajar tranquila y atrapar a los malos. Estar cerca de la Casa Blanca no era para mí. Pero estoy segura de que sí lo era para Thornton. Nunca supe si era una buena persona o no, solo que a él sí le gustaba el poder, por lo que dejarle el camino libre nos dejaba en una buena relación. Luego de esa charla no volví a verlo. Aún hoy no sé si debo estar agradecida por su consejo o no.

El restaurante no cambió demasiado después de tantos años. Echo un vistazo, no hay ninguna persona sospechosa.

—Todo en orden —digo en voz baja. Llevo un inter-comunicador para que Peter y Alain estén al tanto de lo que sucede. Ellos están afuera, caminando uno y apos-tado en un bar enfrente el otro.

—Bien —me contestan los dos a coro.

Me acerco al mostrador y compro una malteada. La agarro y voy hasta una mesa cerca de la ventana. Desde aquí puedo ver hacia afuera, incluso veo a Peter en el bar cruzando la calle. Un coche negro se detiene frente al negocio. Un hombre de traje gris baja del asiento del acompañante y abre la puerta de atrás, es claramente una persona de seguridad. Del asiento de atrás baja Thornton. Me ve de inmediato y camina hacia la puerta.

El hombre de seguridad se queda junto al coche. El secretario de Defensa entra y viene hacia mí.

—Hola, Ainara —me dice y apoya la mano en la otra silla que tiene mi mesa—. ¿Puedo?

—Hola, William —le contesto y le hago un gesto para que se siente—. Por supuesto.

Thornton se abre el saco y retira la silla, ha engordado bastante. Luego se sienta.

—Estás igual, Ainara —me dice sonriendo. Y también sonrío, pero no le digo nada. No puedo devolverle el cumplido—. Sí, ya sé —continúa sin que yo pronuncie ni una palabra—. Estoy mucho más gordo. No sé lo que pasó, con la edad me cambió el metabolismo, o algo así me dijo el médico. Tenía que hacer dieta y deporte, preferí engordar.

—No creo que me hayas llamado para hablar de tu metabolismo —lo interrumpo—. Primero dime cómo pudiste encontrarme.

—He escuchado muchas historias sobre ti, Ainara —me dice, echándose hacia atrás en la silla—. Si la mitad de ellas son ciertas, eres la persona que necesito.

Vuelvo a quedarme en silencio. Espero que responda a mi pregunta, necesito saber si está relacionado con la emboscada.

—Hace un mes que te estoy buscando —prosigue—, eres como un fantasma. Tengo alertas sobre ti en todas las agencias. Supe del operativo secreto fallido del FBI y llamé a mi amigo, el *ranger* John Klein, para averiguar si sabía algo. Él me contó lo sucedido y le dije que eras confiable y que te pidiera que me llamaras.

La respuesta de Thornton no termina de convencerme, pero podría estar diciendo la verdad. Como secretario de Defensa, tiene acceso a toda la información que quiera, sin importar lo confidencial que sea.

—Okey —digo y le doy otro sorbo a mi malteada—. Me encontraste, estoy aquí. Dijiste que podíamos ayudarnos mutuamente, así que te escucho.

—La cosa es que la seguridad nacional está comprometida —me dice sin más preámbulos—. El Departamento de Defensa tiene topos que están filtrando información de alto riesgo.

—¿Y por qué no realizas una investigación y los atrapas? —pregunto intrigada, no entiendo para qué me necesita a mí. Pensé que me había llamado para ayudarlo con algún tema personal embarazoso que no podía blanquear, pero ¿para investigar en su propio Departamento? Eso ya es otra cosa.

—Es que no sé hasta dónde llega la corrupción —me responde—. No puedo confiar en nadie, cualquiera puede trabajar para el enemigo.

—¿Y quién es el enemigo? —pregunto.

—No lo sé —me responde—. Uno de mis agentes logró interceptar información clasificada que no pudo salir de otro lado que de mi oficina. ¿Comprendes? Debo encontrar al responsable o terminarán por acusarme a mí.

—¿Y yo qué gano? —pregunto. Lo que me pide es demasiado difícil y suena de nuevo al Anillo.

—Exoneración completa de todos los cargos —contesta—. Firmaré un documento que te señala como agente secreto de mi Departamento, que estabas en actividad desde antes de que jalaras el gatillo y acabaras con

Turner. Todo lo que hiciste, o al menos todo de lo que se te acusa, diremos que lo hiciste bajo mis órdenes y bajo el estatuto de seguridad nacional. Aquí tienes.

Saca del bolsillo interno de su chaqueta un sobre y me lo entrega. Lo tomo y lo abro. Dentro hay un *pendrive* y unos papeles. Es el documento de exoneración. Está a mi nombre, firmado por él y por un juez federal. Incluye mi número de empleada de la Secretaría de Defensa y la cuenta en la que se han ido depositando todos mis aportes desde hace años.

—Por supuesto —dice Thornton—, ese dinero no se encuentra ahí. En el historial del banco figuran todos los depósitos y los retiros en efectivo que has venido realizando.

Luego agarro el *pendrive* y se lo enseño.

—Allí está toda la información que tengo sobre el caso —me dice—. No es mucho, pero creo que tienes por dónde empezar.

—¿Me estás diciendo que ya soy libre? —pregunto.

—Esa es tu copia —me explica—. Serás libre cuando yo registre la mía en el sistema. Mientras tanto, digamos que nadie sabe que trabajas para mí, por lo que sigues siendo buscada. Cuando resuelvas este caso, haré público el documento y comenzará el proceso legal. Todas las agencias serán notificadas, puede ser que alguna exija más papelería, pero nada que no se pueda resolver. En un mes podrás dejar de ocultarte.

—¿Esta exoneración puede extenderse a los miembros de mi equipo? —pregunto. La mayoría no tiene problemas con la ley, pero Alain y Peter están en una situación similar a la mía.

—Se puede arreglar —responde—, buscaremos la forma de incluirlos en el acuerdo como contratistas independientes.

—Entonces, tenemos un trato —digo sin ni siquiera preguntarle a mi equipo. Sé que todos estarán de acuerdo. Mi vida está a punto de cambiar.

7

EL GUSANO

Un motel, Washington D. C.
Sábado, 17 de marzo, 8:30 p. m.

Luego de dejar a Thornton, volvimos al motel en el que nos hospedábamos. En el camino les conté a los muchachos lo hablado con el secretario de Defensa: estaban sorprendidos y eufóricos. Alain dijo que era la mejor noticia que le daban en mucho tiempo. La perspectiva de dejar la clandestinidad era tentadora y el entusiasmo de Alain nos contagió también a Peter y a mí. Ahora debía contarle al resto del equipo. Lo cierto era que quienes necesitábamos la amnistía éramos los tres que estábamos en Washington. Freddy realiza su trabajo en el FBI, Junior tiene su licencia de abogado, Kim es nuestra fachada como detective y Andrew realiza consultorías en informática. Nosotros tres, en cambio, somos fantasmas, ni siquiera podemos usar nuestros verdaderos nombres.

—¿En serio? —pregunta Junior. Estamos en una video-conferencia y le acabo de contar las novedades al equipo de Nueva York—. Es una gran oportunidad, debemos hacerlo bien. Pásame el documento que te dio Thornton y verificaré si es consistente. No estoy diciendo que nos esté engañando, pero no está de más tomar precauciones.

—Me parece bien —le digo—. ¿Están de acuerdo en que aceptemos el caso?

La respuesta es positiva por parte de los cuatro.

—Ya puedes descargarlo, Andrew —avisa Alain cuando termina de subir la información del *pendrive* a la dirección que le pasó Andrew. Él había traído su portátil y lo subió desde allí.

—Perfecto —contesta Andrew al otro lado de la pantalla—. Ya lo tengo. Veré qué descubro.

Ya estamos en carrera. Atrás quedó el fiasco de Texas. Ahora tenemos un trabajo que puede dar un vuelco a las cosas. Veremos qué ocurre.

Washington D. C.

Domingo, 18 de marzo, 9:20 p. m.

Los resultados de la búsqueda de Andrew no tardaron en llegar. Entre la información que había en el *pendrive*, se hallaba una lista con decenas de empleados. Andrew reconoció un nombre, Ryan Carter.

—No es que fuera un nombre muy conocido —me

explicó—, al contrario, muy pocos saben que este hombre tiene un *alter ego* que sí es famoso, al menos entre los *hackers*: «el Gusano».

—¿De qué hablas, Andrew? —le pregunté.

—Ryan Carter —continuó— es uno de los *hackers* más buscados del país. No tiene ningún sentido que trabaje en el Departamento de Defensa, debería estar en prisión.

—¿Y cómo es que entró allí? —le pregunté.

—Alguien borró sus antecedentes —continuó—, cambiaron la historia de su vida. No entiendo por qué sigue con el mismo nombre, pero estoy seguro de que es él. Fuimos rivales, logré hackearlo y ver su rostro en línea; soy una de las pocas personas que le han visto la cara al Gusano. Después se vengó, y me hizo caer en prisión, me tendió una trampa y me entregó. Aunque le hayan levantado todos los cargos, nadie lo pondría frente a un ordenador en el Departamento de Defensa. De hecho, trabaja en el Área de Ataques Informáticos. ¿Te lo imaginas? Si alguien está robando información, tiene que ser él.

—Bueno —dije entonces—. ¿Cómo lo atrapamos?

—Tengo la dirección que figura en el Departamento de Defensa —aclaró Andrew—. Si está simulando tener una vida normal, debería vivir donde dijo.

Todo indica que Andrew tenía razón. Estamos en las afueras de Washington D. C., frente a una casa pequeña igual a cualquier otra de la zona. No parece la casa de un *hacker*, más conociéndolo a Andrew. Podría vivir allí cualquier empleado de una tienda con un sueldo razonable que espera llegar a viejo y cobrar su seguro de retiro.

—¿Entramos? —pregunta Alain.

—Sí, vamos —respondo.

Salimos los tres del coche. Abrimos la puerta lateral de la cerca, que conducía a un corredor angosto entre su casa y la contigua. Por allí caminamos hasta ver una ventana que daba a la cocina. Me asomo y veo a un hombre sentado con su móvil. Coincide con la foto de los archivos del Departamento de Defensa. Los miro a los muchachos y les hago señas para que rodeemos el lugar y que entremos por atrás. Avanzamos hasta llegar al patio trasero. Alain se adelanta, agachado hasta una puerta que está cerrada.

—Puedo abrir la puerta —dice Alain—, pero hará ruido, así que deben entrar rápido.

Afirmamos con la cabeza y alistamos nuestras armas. Como lo avisó, Alain abrió la puerta con un fuerte ruido de madera. Peter y yo saltamos dentro y vemos al Gusano levantarse de golpe, asustado. Corre hacia la parte delantera, cruzando puertas y rodeando paredes como en un laberinto. Nosotros vamos detrás de él. Dispararle y matarlo arruinaría la oportunidad de saber qué está sucediendo. Salto por arriba de un sillón y trato de darle alcance. Sin embargo, es más rápido que yo y llega a la puerta del frente. Si alcanza la calle, tal vez lo pierda. Abre la puerta para salir, pero se frena en seco. Sale expulsado hacia atrás como si alguien lo hubiera empujado. Cuando cae, veo a Alain parado en la puerta con una sonrisa. Llego hasta el Gusano y le pongo un pie encima. Le apunto con mi Magnum.

—Habla, Gusano —le digo.

—¿Qué sucede? —pregunta Ryan desencajado— ¿Quiénes son?

Estuve a punto de decir «soy tu peor pesadilla», pero no me queda ese personaje. El padre de Alain era «el Rambo» de mi equipo.

—Soy alguien a quien le darás respuestas —dije al fin —, así que empieza a hablar. ¿Para quién trabajas?

—Trabajo para el Departamento de Defensa —responde—. Si me pasa algo tendrán al Gobierno tras de ustedes.

—Ya tengo al Gobierno detrás de mí —le aclaro—. Ahora no me digas estupideces, dime realmente para quién trabajas.

Ryan se queda callado, pareciera estar pensando qué decir.

—Trabajo para el Departamento de Defensa —insiste—, en el Área de Ataques Informáticos.

—Escucha, Ryan. —Me acuclillo para tenerlo más cerca—. Sabemos que eres el Gusano, Andrew te manda saludos.

Al principio duda, pero luego el rostro de Ryan se transforma. Ha reconocido el nombre de Andrew, ahora sabe que lo conocemos y no tiene sentido que intente engañarnos.

—Estás robando información del Departamento de Defensa —continúo—. No nos interesa lo que pase contigo, solo quiero saber quién te contrató, quién está detrás de todo esto.

—¿Contratarme? —pregunta irónicamente—. Me han obligado a hacerlo. ¿Crees que me gusta vivir en esta mierda y cumplir un horario en un trabajo también de mierda?

—Explícate —le ordeno.

—Me atraparon —explica—. Me descubrieron y me pusieron contra la espada y la pared. O hacía lo que me decían o terminaba en la cárcel.

—¿Quién te obligó entonces? —pregunto.

—Nunca vi al que da las órdenes —contesta—, solo encontré a sus matones. Ellos me pidieron que les dé algunos datos y códigos de acceso a lugares específicos. Pero no sé para qué. Creo que están tramando algo grande a nivel nacional, tal vez sean terroristas, no lo sé. Lo único que sé es que en pocos días mi trabajo habrá terminado y podré irme a Hawái con una pequeña fortuna.

—Aún no me dices el nombre de esa persona —añado blandiendo mi arma.

—Te juro que no lo sé —dice casi suplicando—, solo conozco su apodo.

—Habla de una vez, estúpido —interrumpe Peter exasperado—. No tenemos toda la noche, dinos ese apodo.

—«Titiritero» —contesta Ryan con temor—, le dicen el Titiritero.

8

IREMOS POR EL TITIRITERO

WASHINGTON D. C.
Lunes, 19 de marzo, 8:30 p. m.

—¿QUIÉN demonios es el Titiritero? —preguntó Peter, mirándome. Yo negué con la cabeza y los dos miramos a Alain.

—No me miren a mí —dijo Alain como si lo acusaran de algo—, una vez tuve un «titiritero» en mi cumpleaños, cuando era muy pequeño, pero no creo que eso cuente.

Me dirigí entonces de nuevo al *hacker*, que seguía mirándome desde el suelo.

—Ya entendí que no sabes su nombre —dije—, pero eres un *hacker*, o sea, un maldito entrometido. No creo que te hayas quedado cruzado de brazos, haciendo caso sin investigar quién te había atrapado.

—Lo intenté —respondió y noté que estaba

queriendo decir algo. Me levanté y le di un poco de espacio. El Gusano se incorporó y se sentó en el suelo—. Les juro que indagué donde pude, pero hallé muy pocas referencias. El tipo es invisible. Sin embargo, cuando uno de sus hombres vino a entregarme ciertos documentos que acreditaban mi currículo falso, logré ver en su billetera una tarjeta. Es de una empresa de alimentos envasados, Rapifood. La investigué y hallé referencias cruzadas con lavado de dinero, y adivinen qué…

—No te hagas el misterioso —dijo Alain, que ya estaba aburrido—, recuerda que estamos armados, y además somos impacientes.

—Sí, sí —respondió el *hacker*, haciendo ademanes como pidiendo que lo escuchemos—. En la Deep Web encontré que el Titiritero se había reunido con alguien importante del Gobierno en esa empresa.

—¿Y entonces? —insistí, esperando que nos diera algo más.

—No hay más que eso —contestó el Gusano—. No tengo dudas de que el Titiritero está relacionado de algún modo con esa empresa, tal vez sea la fachada de sus oficinas. Es imposible saberlo. Pero si tuviera que investigar por algún lado, empezaría por ahí.

Los miré a los muchachos y ellos concordaron conmigo en que no había más que hacer allí.

—No nos importas tú —le dije al *hacker*, dando un paso mientras guardaba mi arma en la cintura—, queremos a tu jefe.

Lo dejamos allí en el suelo. Los muchachos también guardaron sus armas y salimos caminando tranquilamente por la puerta del frente.

Ahora, en el motel, estamos otra vez realizando una videollamada. Andrew, Junior y Kim son quienes están al otro lado escuchando nuestro relato. Pero hay alguien más allí a quien, aunque no puedo verle el rostro, no paro de escuchar.

—Ven, bestia —dice Junior mirando hacia abajo. La cabeza y las patas delanteras de Bob se suben a la mesa y entra en el encuadre. No deja de ladrar mientras me mira en la pantalla. Era demasiado viaje hasta Texas y muy poco tiempo el que estaríamos allí, entonces decidí dejarlo con Andrew hasta mi vuelta.

—Tranquilo, muchacho —le digo a mi bestia negra —. Mamá te extraña.

—Bueno, Bob —dice Junior luego de unos segundos —. Ya la has visto a tu mamá, ahora baja y déjanos hablar.

Bob observa a Junior, vuelve a mirar la pantalla, da un último ladrido y se va satisfecho. A veces pienso que ese perro es una persona disfrazada.

Retomo el relato y, cuando cuento lo sucedido con el *hacker*, puedo ver la cara de satisfacción de Andrew. En verdad que hay enemistad entre esos dos. Creo que lo ha vivido como una venganza, le hubiera gustado estar ahí y ver la cara de miedo del Gusano.

—Ya me pongo a investigar sobre ese Titiritero —dice Andrew, sin mencionar al *hacker*, pero supongo que sonríe por dentro—, pero si el Gusano no encontró nada, es porque está muy bien oculto.

—Mientras hablabas, Ainara —interviene Junior, que

48

había estado escuchando con atención—, pensaba en buscar información sobre esta empresa de alimentos, pero tal vez Kim pueda encargarse de eso.

Junior mira a Kim, que está a su lado, como buscando aprobación para su propuesta.

—Sí, claro —responde ella—. Yo me encargo.

—Bien —prosigue Junior cuando vuelve a mirar a la cámara—. Entonces, me gustaría viajar a Washington D. C. para echarles una mano. ¿Qué les parece?

—Perfecto —contesto—, cuantos más, mejor.

Nos vendrá bien la presencia de Junior. Tal vez no sea un hombre de acción, pero es hábil para investigar y puede ocupar cualquier función que sea necesaria.

—En coche me tomará cinco horas, no es tanto —prosigue Junior mientras mira su móvil, tal vez revisa la ruta en Google—. ¿Quieres que lo lleve a Bob?

Lo pienso unos segundos antes de responder. Me gustaría tener a mi bestia aquí, pero la realidad es que este caso aún está en el aire. No tenemos certeza de nada. Traer a Bob sin saber cuánto tiempo seguiremos aquí sería una complicación.

—No —contesto—, esperemos a ver cómo se desarrollan las cosas. Quisiera entrar en esa empresa mañana y tener algo más concreto. No quiero dejar pasar más tiempo y que el Gusano nos delate, Andrew.

—Sí, Ainara —responde Andrew de inmediato.

—Mientras Kim consigue información sobre esa empresa y sus dueños —le digo al tiempo en que voy pensando lo que necesitamos—, quisiera que consigas los planos del edificio, saber en qué horario y dónde encontrar a los que dan las órdenes, además de cómo está dispuesta la seguridad del lugar.

—Yo tengo que resolver algo mañana al mediodía —dice Junior mientras mira su móvil—, así que no podré acompañarlos en esa incursión. Llegaré recién al anochecer. Luego envíame la dirección del hotel.

—Muy bien —respondo—, se la acabo de enviar a Andrew por si hay alguna alarma de la Policía. Luego de lo sucedido en Texas, no me gustaría que vuelvan a tomarme por sorpresa.

—Muy bien, Ainara —contesta Junior—. Estaré atento a cualquier movimiento extraño en la zona.

—Todo está en marcha entonces —digo cerrando ya la videollamada—. ¿Saben algo de Tanaka?

—Aún nada —responde Andrew—, me dijo que sigue investigando a esa división del FBI que estuvo en Texas, no más que eso.

—Okey —digo para terminar—, ya averiguará algo. En cuanto a nosotros, mañana iremos por el Titiritero.

9

LA REVELACIÓN

Motel en las afueras de Washington D. C.
Martes, 20 de marzo, 10:30 a. m.

Esa noche dormimos bien. Fue la primera vez en la última semana que nos acostamos sin apuro y nos levantamos de la misma manera. Los muchachos estaban en una habitación contigua a la mía. Estábamos tranquilos porque no había forma de que el FBI nos encontrara tan rápido. La realidad era que ya hacía varios años que ellos me perseguían, y no era algo que me quitara el sueño. Lo preocupante era saber cómo hicieron para encontrarme. De todos modos, cuando alguien vive en una tensión constante, llega un punto en que esa tensión se convierte en algo normal y uno se adapta. Supongo que algo de eso hubo anoche, porque dormí como una bebé.

Alrededor de las diez de la mañana golpearon a la puerta. Eran Alain y Peter. Trajeron café caliente y panqueques. No sé dónde los consiguieron, tal vez aquí mismo en el motel. Como yo no me encargué de rentar la habitación, no estoy enterada de si tiene desayuno incluido o no. Tampoco lo pregunté.

Nos sentamos a la pequeña mesa de mi habitación y desayunamos alegremente. Fue como si estuviéramos de vacaciones. Tal como con lo fácil que resultó dormir, no sé con exactitud a qué se debió ese cambio de humor, pero fue algo refrescante. Para variar, reímos y hablamos de tonterías. El clima festivo, sin embargo, duró hasta que recibimos la llamada de Andrew.

—Tengo todo lo que me pediste —dice mi amigo desde Nueva York—. Les acabo de enviar los planos del edificio con los puestos de seguridad, la posición de las cámaras y el lugar más probable para que encuentres al presidente de la empresa. Su nombre es Jeremy Caslon. ¿Lo conoces?

—No —contesto. Es la primera vez que oigo ese nombre—. ¿Qué sabes de él?

—Lo investigué —prosigue Andrew, que había hecho muy bien sus deberes—, tiene más bienes de los que acredita en su declaración jurada. Además, su nombre aparece en distintos negocios turbios. Incluso la palabra Titiritero está relacionada con él. En una web de conspiraciones se los asocia con una confabulación para dar un golpe de Estado. Más allá de los delirios de esa web, nos confirma que están ligados. En lo que a mí concierne, el empresario y el Titiritero podrían ser la misma persona.

—¿Qué tan seguro estás de eso? —pregunta Peter.

—No estoy seguro —responde Andrew—, es solo una suposición. Lo que sucede es que fue lo más cerca que pude llegar del Titiritero, por lo que deberíamos tener en cuenta esa posibilidad.

—¿Estará hoy en su oficina? —pregunto, esperando una respuesta afirmativa.

—Todo señala que así será —contesta Andrew—. Interferí el móvil de su secretaria, tiene agendada una reunión para Caslon a las cuatro y cincuenta. Si no sucede nada extraño, debería estar ahí.

—Bien —concluyo satisfecha—, esa reunión tendrá tres invitados inesperados.

EDIFICIO DE RAPIFOOD, Washington D. C.
Martes, 20 de marzo, 4:45 p. m.

Llegamos al sitio, como lo habíamos planeado. El tráfico estuvo bastante pesado. Es la hora en que mucha gente en esta ciudad deja sus oficinas para volver a casa. Es exactamente con lo que nos encontramos al llegar al edificio, mucha gente saliendo. En cierto sentido, esto es bastante beneficioso para nosotros, cuanto más gente halla es más fácil pasar desapercibidos. Yo había pensado en entrar por la puerta principal con alguna credencial falsa que Andrew pudiera proporcionarnos, pero eso no fue posible. El ingreso a la empresa se hacía mediante huellas dactilares, por lo que no tuvimos forma de franquear ese obstáculo. Sin embargo, Andrew tuvo otra idea que resolvió el problema. A veces pienso que sin Andrew no podríamos hacer nada, sus recursos son sorprendentes y siempre encuentra una forma.

Andrew agregó en la agenda de la secretaria una

entrevista de último momento a las cuatro cuarenta y cinco con el gerente de ventas, a quien también le envió un *e-mail* desde la cuenta de la secretaria avisándole del asunto, un tal Raymond Holland. Nosotros nos presentaríamos como representantes de una nueva cadena de supermercados interesados en vender sus productos. Esa sería nuestra entrada. No hay un gerente de ventas que rechace una reunión así, por lo que estamos seguros de que Holland estará allí esperándonos. Es por eso que más temprano debimos ir de compras, necesitábamos parecer ejecutivos, y el único que tenía traje era Peter, que seguía vistiéndose como cuando trabajaba en el FBI. Alain y yo tuvimos que comprar ropa que nos hiciera parecer ejecutivos. Por eso llevo un traje con falda. Peter dijo que me veía bien. No le presté atención, existe un asunto pendiente entre nosotros desde hace tiempo y prefiero no adentrarme en ese tema. La amistad está bien, no busco nada más. Ingresamos al edificio y nos dirigimos a la recepción.

—Buenas tardes —saludo al guardia—. Mi nombre es Támara Jones; tenemos una reunión con el señor Holland.

Por supuesto, todos ya tenemos preparados nuestros documentos falsos para mostrarle al guardia si es que lo requiere. Esto también fue obra de Andrew, me dijo que había sacado nuestros nombres de una convención de negocios contables de hacía una semana realizada en Alabama. Si Holland se decidía a investigarnos, vería que pertenecemos a un estudio contable con sedes en distintos lugares del país, así que no sería extraño que representáramos también a una cadena de super-mercados.

El hombre de seguridad revisa su agenda unos instantes, evidentemente hay algo que no encuentra.

—Disculpe —me dice luego de unos segundos—, no la tengo agendada. Llamaré al señor Holland para pedirle autorización y que puedan ingresar.

Solo me limito a sonreír. Los miro a los muchachos y ellos hacen lo mismo, parecemos tres tontos sonriendo por nada. Es lógico que no le hubiera llegado la información, Andrew la inventó apenas hace unas horas.

—Buenas tardes, señor Holland —dice el guardia por su teléfono—. Aquí está la señora Jones con dos acompañantes que vienen a una entrevista con usted, pero no me figuran en la agenda… Ah, okey, ya los hago pasar.

El guardia cuelga el teléfono y se vuelve a dirigir a nosotros.

—Perdonen la demora —nos dice con una sonrisa—, alguien olvidó informarnos que vendrían. Necesito que por favor me escriban su número de documento, nombre y además su firma por aquí.

Nos entrega un libro de ingresos para visitantes. Le echo un vistazo a las firmas anteriores como si fuera a encontrar una supuesta pista, pero obviamente no veo nada raro. Tampoco veo la de Caslon o Holland, ellos trabajan aquí y su ingreso se registra de manera digital con sus huellas.

Firmamos los tres y le devolvemos el libro.

—Pasen por allí —nos dice el guardia, habilitándonos el molinete para que pasemos—. Luego vayan hasta el último elevador y suban al quinto piso, oficina 57.

—Gracias —decimos los tres a coro. Parecemos robots que sonríen y responden con no más de una palabra, pero ya estamos dentro.

Caminamos hasta al elevador y presionamos el botón. Mientras esperamos que llegue, se aproxima un hombre de traje y se detiene a nuestro lado. Llega el elevador, abre sus puertas y el hombre se apresura a entrar, nosotros lo hacemos detrás de él.

—A qué piso van —nos pregunta mientras nos mira de arriba abajo.

—Al sexto —respondo.

Mientras en el quinto nos espera el gerente de ventas, en el sexto se encuentra Jeremy Caslon, nuestro verdadero objetivo. Quiero llegar directamente allí, interrogar al hombre y ver con qué nos encontramos. Hasta ahora solo tenemos datos muy parciales, por lo que no sabemos cuál es la relación de Caslon con el Titiritero, si es el Titiritero, o si no sabe nada. Todo es posible.

—Perfecto —dice el hombre parado delante de nosotros frente al panel de control y aprieta el número seis—. Vamos al sexto entonces.

Algo en este hombre me resulta extraño. Hay algo en su actitud, un cierto nerviosismo que me pone en alerta. Peter me codea y me señala con la mirada el costado del hombre, justo bajo su brazo izquierdo, el saco del traje hace un pliegue raro. ¡Es un arma! Tal cual como la llevan los agentes del FBI.

—Disculpen —dice el hombre y camina hacia el

fondo del elevador, colocándose detrás de nosotros. Exactamente lo que haría un agente que quiere embarcarnos.

Lo miro a Peter y él frunce el ceño. Miro el tablero y estamos por el cuarto piso. Aprieto el botón del quinto, debemos salir de aquí de inmediato. Lo hago justo a tiempo y la puerta se abre en el quinto. Salgo y Peter me acompaña, Alain duda un instante y luego nos sigue. Cuando estamos afuera, me doy vuelta y miro al hombre, que me observa tratando de no hacer ningún gesto que lo delate. Le sonrío y lo saludo con la mano mientras la puerta del elevador se cierra.

—Bajaron en el quinto —escuchamos decir al hombre apenas se cerró la puerta.

—¿Qué pasa? —pregunta Alain, quien hasta el momento no se había dado cuenta de nada.

—Es una trampa —responde Peter mientras yo busco una salida mirando a los costados—, nos estaban esperando.

Veo la que debe ser la puerta que da a la escalera y corro hacia allí. Los muchachos vienen detrás de mí. En eso, me topo con un hombre que sale de una oficina y me mira sorprendido de que estuviésemos corriendo.

—¿Señora Jones? —pregunta. Debe ser Holland, que realmente nos estaba esperando. Le doy un empujón que lo tira al suelo.

Abro la puerta a la que me dirigía y miro por la escalera hacia abajo.

—Está despejado —digo sin detenerme—, vamos.

—¡Alto ahí! —escucho que alguien nos grita desde arriba—. ¡FBI!

—¡Diablos! —exclama Peter y saca la ametralladora

57

que traía bajo su chaqueta y lanza una ráfaga hacia arriba.

Los agentes del FBI que estaban llegando a la escalera desde el piso superior se ven obligados a retroceder. Claramente esa fue la intención de Peter, que no quiso herir a nadie. Más de una vez hablamos de lo complicado que nos resultaba enfrentarnos con agentes y qué hacer llegado el momento, si disparar o no. Pero no tenemos tiempo para pensar ahora, solo podemos reaccionar. Nos lanzamos hacia abajo por la escalera y pronto la respuesta de los agentes se hizo sentir. Comenzaron a llover balas.

—Deténgase, Pons —grita un agente—, no nos obligue a abatirlos.

—¡Abatirnos una mierda! —grita Peter, que de nuevo dispara al aire para darnos tiempo a bajar. Realmente se le ve feroz con esa arma.

Cuando estamos por el tercer piso, la puerta del corredor se abre y aparece un hombre con una pistola. Le doy una patada en el pecho, haciéndolo caer sobre otro agente que venía detrás de él. Este se saca de encima al primero y viene hacia nosotros. Alain, así como de pasada, le pega un puñetazo en la quijada que lo deja fuera de combate. Al que le pegué primero se levanta y es Peter quien lo duerme de un puñetazo. Llego al segundo piso y veo que alguien sube por la escalera del primero. Me dispara y casi me da. Doy un paso atrás, veo que son varios agentes los que suben desde allí, mientras que desde arriba vienen bajando otros tantos. El fuego ahora es cruzado, nos disparan de los dos lados. O devolvemos el fuego o nos atrapan. No quiero matar agentes, así que lo empujo a Alain, haciéndole una seña para que abra la puerta del corredor. Me entiende y lo hace. Él pasa primero, Peter y yo lo hacemos juntos, empujándonos. Nos damos contra Alain, que se ha detenido. Veo que un hombre le apunta con una pistola a la cabeza. Lo miramos los tres, sin reaccionar. Podría matar a Alain si ve algo extraño. Creo que hasta aquí hemos llegado. Esta vez no tenemos a nadie de refuerzo que nos pueda salvar.

—Apártense —dice el hombre, bajando el arma y acercándose a la puerta que da a la escalera. La cierra. Junto a ella hay un kit contra incendios. Rompe el cristal con la culata de su arma y saca un hacha. Con ella traba la puerta.

—En el extremo del corredor hay una oficina —dice el hombre señalando con el arma—, por la ventana pueden salir a una escalera de incendios, váyanse rápido.

—¿Tú quién eres? —le pregunto mientras escucho que alguien empuja la puerta, que resiste sus intentos de abrirla. Esto ha sido inesperado y necesito información.

—Soy el agente Carlisky —me responde como si eso significara algo para mí—. Esta división del FBI está corrupta, es manejada por el Titiritero y quiero encontrar la forma de desenmascararlo. Ustedes huyan.

—¿Sabes quién es el Titiritero? —le pregunto sorprendida. Por fin estamos llegando a algo.

—Su nombre es Vladimir Kurganov —responde el agente y quedo más sorprendida que antes, conozco ese nombre, pero tardo un instante en recordar quién es: se trata de alguien de mi pasado—. Váyanse de una vez.

—Gracias —le digo cuando reacciono. Peter y Alain comienzan a correr hacia la última oficina y yo me doy vuelta para irme también. Pero a la vez que los golpes aumentan en la puerta, siento que el agente me aferra del brazo. Giro para mirarlo y me habla en voz baja.

—Ten cuidado, Pons —me dice acercándose—. En tu equipo hay un soplón.

Me lo quedo mirando, no le creo. Los golpes son cada vez más fuertes y ahora los disparos comienzan a perforar la puerta.

—Vamos, Ainara —grita Alain, que ya está con Peter por entrar a la oficina. Veo que el agente Carlisky se arroja al suelo, haciendo como si estuviera desmayado. ¡Debemos salir ya!

Corro hacia donde están mis compañeros y entro. Peter cierra.

—¿Qué te estaba diciendo? —pregunta Peter, ninguno de mis compañeros llegó a escuchar lo último que dijo Carlisky; mejor así.

—Nada —le respondo—, solo que tengamos cuidado.

Escuchamos que la puerta de la escalera se viene abajo. Alain abre la ventana y comienza a salir. Nosotros lo seguimos. Como nos dijo Carlisky, la escalera de incendios está aquí. Comenzamos a bajar. Son solo dos pisos. Si los agentes no saben dónde estamos y se toman el tiempo de revisar todas las oficinas, tenemos una oportunidad de escapar. Alain extiende la última escalera y llegamos a la calle. Es un callejón con botes de basura. Logramos salir. Me gustaría poder decir que dejamos la basura atrás, pero las últimas palabras del agente lograron todo lo contrario, la basura vino conmigo.

1 0

DEBEMOS ESFUMARNOS

Motel en las afueras de Washington D. C.
Martes, 20 de marzo, 7:20 p. m.

Llegamos al motel y Junior nos estaba esperando en el *parking* con una sonrisa. Pronto descubrió que nuestro ánimo no era de festejo, en especial el mío, que sabía cosas que los demás no. Nos preguntó cómo nos había ido.

—Entremos —dije, subiendo al primer piso. Fuimos todos a mi habitación. Siempre buscamos habitaciones en el primer piso con vistas a la calle para vigilar los alrededores y tener tiempo de reaccionar. Lo primero que hice fue ir al baño y cambiarme la falda; no lo había notado antes, pero se había rasgado durante el enfrentamiento y mostraba partes íntimas que no debía mostrar.

Junior se quedó pensativo, luego de ponerle al corriente.

—¿Cómo diablos supieron que irían? —preguntó luego de analizar la situación.

—Ese es el mayor problema que tenemos —dijo Alain molesto—, el FBI nos está anticipando todos los pasos. Debemos descubrir cómo lo hacen.

Yo permanecí callada. Soy la única que escuchó lo último que dijo el agente Carlisky, así que los demás ni se imaginan la posibilidad de traición. Aunque no quiero creerlo, no puedo ignorar que siempre nos están esperando. Todos sabían nuestros planes de esta tarde, así que cualquiera podría haber pasado la información. Si no es uno de nosotros, alguien nos está espiando. Por ahora, no diré nada, prefiero esperar. Sigo desconfiando de Carlisky. Veremos si Freddy sabe algo.

—Al menos tenemos dos nombres —le explicó Peter a Junior—. El agente del FBI que nos ayudó dijo llamarse Carlisky, así que Tanaka lo puede investigar.

—¿Y el otro nombre? —preguntó Junior.

—El otro es el del Titiritero —intervino Alain, que seguía irritado y ahora tomaba de una botella de agua que habíamos comprado mientras volvíamos—. El agente dijo que su nombre es algo así como Ivan Gurganov.

—Vladimir Kurganov —lo corregí—. Sé perfectamente quién es.

Todos me miraron. No hubo tiempo de que les contara que lo conocía. En el coche, cuando volvíamos, los muchachos estaban tan ocupados en insultar y quejarse de haber caído otra vez en una trampa, tanto como yo estaba preocupada por las palabras insidiosas de Carlisky, que por eso no hablamos del tema. Es increíble que este hombre, con cuatro simples palabras, fuera capaz de generarme tantas dudas.

—¿En serio? —preguntó Alain.

—Sí —respondí—, ahora les contaré a todos lo que sé de él.

Fue entonces que llamamos al resto del equipo de Nueva York y realizamos otra videollamada. Nos sentamos los cuatro en la cama con el ordenador de Alain en la mesa frente a nosotros. Alain y Junior se ubicaron a mi derecha y Peter a mi izquierda. Era necesario coordinar cómo seguiríamos y requeriría la ayuda de Andrew, Kim y, especialmente, de Tanaka. Volvimos a contar todo lo sucedido.

—Yo me encargo de ese Carlisky —dice Freddy al fin, es lo que esperábamos de él—. ¿Crees que esté de nuestro lado?

—Yo no apostaría a eso —le respondo aún sin contarles nada sobre lo que me dijo en secreto. A fin de cuentas, podría ser un invento para crear discordia dentro del grupo. Era algo que, sabiendo que estaba Kurganov detrás, parecía muy posible—. Si lo que dijo sobre el Titiritero es verdad, no podemos estar seguros de nada. Vladimir Kurganov es un maestro del engaño, Carlisky podría trabajar para él. Sería algo típico de Kurganov, poner alguien cerca de nosotros que se gane nuestra confianza para luego clavarnos un puñal por la espalda.

—¿Quién es ese Kurganov? —pregunta Andrew desde Nueva York.

—Vladimir Kurganov es un exagente de inteligencia ruso —explico a medida que voy recordando lo que sé de él

—. Solía trabajar en el servicio de espionaje del Kremlin. Su pasado está lleno de traiciones, manipulaciones y cosas turbias. Fue expulsado de Rusia después de un oscuro incidente en el que traicionó a su propio país. Parece que obtuvo información altamente clasificada sobre operaciones encubiertas y tecnología militar avanzada. Por eso tuvo que huir de Rusia y, como pasa con todos los desertores, encontró pronto un país amigo que le diera refugio y trabajo: Estados Unidos. El problema fue que su lealtad hacia nosotros tampoco duró demasiado. Pronto se descubrió que estaba vendiendo información a terroristas de Medio Oriente. Desde entonces, se ha convertido en una figura sombría en el mundo del crimen y el espionaje global. A veces trabaja para unos, a veces para otros. A pesar de que nadie confía en él, Gobiernos y privados lo buscan para que consiga la información que nadie más puede conseguir.

—¿Cómo es que sabes tanto de él? —pregunta Peter intrigado, estoy segura de que desde que escuchó el nombre, no imaginó que yo lo conocía. Además, hemos sido compañeros durante muchísimos años, por lo que conoce a casi todos los mismos criminales que yo.

—Cuando estuve en Seguridad Nacional debí enfrentarme a él —les cuento y veo el gesto de Peter, que puede ubicar en el tiempo mi conexión con Kurganov—. Con William Thornton estuvimos a punto de atraparlo, pero logró escapar, alguno de sus dobles agentes le avisó. En ese entonces no se hacía llamar el Titiritero, pero creo que ese apodo le cuadra muy bien. Tiene la extraña habilidad de torcer la voluntad de la gente. Por eso es que no podemos estar seguros de nadie.

—¿Cómo va la investigación sobre Garland, Kim? —noto la expresión cansada de mi amiga.

Kim suspiró y se pasó una mano por el cabello, claramente frustrada.

—He estado trabajando arduamente para desentrañar cualquier vínculo entre Garland y el Anillo. Revisé registros e hice llamadas durante días, pero todo parece estar en orden en la superficie. No hay rastros ni pistas que conecten a Garland con la red clandestina.

Guardé silencio por un momento, procesando la información.

—Entonces, ¿no encontraste nada?

—Lamentablemente, no —respondió Kim, con frustración en su voz—. Garland no tiene ninguna conexión con el Anillo. Todo está limpio.

—Bueno —digo cuando veo que ya no hay mucho más por hablar, les contamos lo sucedido y los nombres que debíamos investigar. Hasta que no tuviéramos nueva información, no podríamos hacer nada—. Concentrémonos en el señor Caslon, es la única pista que nos puede llevar al Titiritero. Andrew, busca la forma de llegar a él fuera de la empresa. Luego de nuestra incursión, deben haber redoblado la seguridad.

Nos despedimos y, después de terminar la videollamada, permanecemos en silencio. Es como si nos sintiéramos derrotados luego de una fuerte batalla. De alguna manera, el enemigo llega siempre primero que nosotros. Kurganov infiltra algún doble agente en el FBI y desde allí nos persigue de manera legal. ¿Por qué lo hace? ¿Por qué luego de tanto tiempo reaparece con la única intención de atraparme? Yo ya lo había olvidado, pero es evidente que él me recuerda muy bien

—Hay algo que no entiendo —dice de repente Alain como si no le dieran los números—. Este ruso maneja una parte del FBI e intenta atraparnos. Así sucedió en Texas y acaba de pasar aquí en Washington D. C., pero las circunstancias fueron totalmente distintas.

—¿A qué te refieres? —pregunta Peter, tratando de entender.

—Me refiero a que se trata de dos casos distintos. En el anterior supusimos que hubo alguna filtración entre el diputado y el *ranger*, pero aquí… Nadie sabía que iríamos a esa empresa. ¿Cómo es que nos estaban esperando? Debo creer entonces que la gente de Texas no tiene nada que ver, que la filtración viene de otro lado.

Ninguno responde, no saben qué pensar. La reflexión de Alain fue sumamente lógica y ahora comenzarán a estar abiertos a otra posibilidad. Yo, por el contrario, sí sé en qué pensar. La deducción de Alain me empuja a considerar al supuesto traidor en nuestro equipo del que habló el agente Carlisky.

—Un momento —dice Junior, enderezándose en la cama y mirándonos a los tres con los ojos muy abiertos —. ¡Hackearon a Andrew!

—¿Qué? —pregunto de forma instintiva, pero creo que lo entiendo. Junior debe haber dado en el blanco, es la única respuesta posible.

—La única forma de saber nuestros movimientos de esta manera —prosigue Junior— es entrando a los ordenadores de Andrew, allí está todo. Aparte, piensen en el Gusano, un *hacker* del mismo nivel de Andrew. Ya han competido antes para hackearse mutuamente. El Gusano admitió trabajar para el Titiritero. Es él quien debe estar espiando nuestros movimientos y dándole los datos a Kurganov.

—Es posible que así sea —digo cada vez con más entusiasmo. En verdad me gustaría que así fuera para poder descartar la teoría del traidor—. Ya mismo le escribiré a Andrew para avisarle.

—No —me detiene Alain, aferrándome la mano en la que tengo el móvil—, avísale a Kim, si lo espían a Andrew, sería mejor que sigan creyendo que no sabemos nada, eso podría jugar a nuestro favor.

—Espera. —Ahora es Peter el que me frena, agarrándome la otra mano—. Recuerda que Kim es el único contacto visible con nosotros. Cuando alguien quiere contratarnos, recurren a ella. Esta gente de seguro sabe que trabajamos juntos, pueden estar espiándola a ella también.

—Okey —digo—. Será a Freddy entonces, es quien mantiene más distancia con el equipo. Si aún sigue en el FBI es porque nadie sospecha de él.

Antes de volver a mi móvil, lo miro a Junior, es el único que no me ha frenado hasta ahora. Espero que no lo haga porque no tenemos a quien más llamar. Junior no dice nada, así que empiezo a escribirle a Freddy mientras los demás me observan.

Volvemos a quedar en silencio. Están concentrados en lo que estoy haciendo, pero de repente escucho un ruido y levanto la vista del teléfono. Veo que Peter me mira y luego gira para ver la ventana. Ha escuchado lo mismo que yo, pareció ser el ruido característico de un arma amartillándose. No pierdo tiempo.

—Todos abajo —digo sin levantar el tono de voz—, rápido.

No llegamos al suelo, cuando los disparos empiezan a sonar ensordecedores. Es una lluvia de balas que pasa por encima de nosotros, haciendo estallar todo a su paso. Los vidrios de las ventanas caen hechos añicos. Un cuadro en el fondo de la habitación se estrella contra el suelo.

Alain manotea su ordenador y lo baja al suelo justo antes de que lo destrozaran. La pared detrás de nosotros comienza a llenarse de orificios. En mi cama también aparecen muchos orificios humeantes. La luz hace cortocircuito y se apaga. La botella que Alain había dejado sobre la mesa revienta y el agua se derrama.

La puerta parece un colador y por los agujeros entra la luz del pasillo. La balacera comienza a menguar hasta que no se oye nada. En la oscuridad veo a mis compañeros, que me hacen señas de estar bien y me muestran sus armas, listas para el contrataque.

Estos no son del FBI, así que no debo contenerme. Me desplazo gateando hasta al lado de la puerta y me pongo de pie. Apoyo mi espalda contra la pared y espero. No debo hacerlo por mucho tiempo. La puerta se viene abajo de un golpe y entra un hombre con un rifle. Me le voy encima. Con una mano le sujeto el rifle, y con la otra le disparó en el cuello. Giro rápido y me apoyo contra la otra pared otra vez.

Escucho los disparos, que no me alcanzan por poco. Otro hombre intenta meterse para dispararme, pero recibe un tiro de alguno de mis compañeros, no vi de quién. De nuevo, una tormenta de balas sacude la habitación. Esta vez de nuestra parte. Es Peter con su ametralladora quien devuelve el fuego y empieza a disparar una ráfaga violenta. Alain y Junior también vacían sus cargadores, disparando sin parar hacia quienes sean los que se encuentren en el corredor.

Aprovecho la cobertura de tiros para asomarme y veo a seis hombres agachados con sus armas. Uno me ve y quiere dispararme, pero yo le doy primero. Salgo caminando sin parar de disparar y derribo a tres. La ametralladora de Peter se asoma por la ventana y termina el trabajo. Yo sigo disparando a los cuerpos en el suelo para asegurarme de que ninguno intente sorprendernos. El corredor queda tapizado de cadáveres.

Suena un disparo que da en la baranda metálica, junto a mí. Miro hacia abajo y veo que dos hombres parados junto a un coche me disparan. Ni siquiera intento cubrirme. Les apunto con mi Magnum, y al apretar el gatillo, los arrasa una cantidad impresionante de balas. A mi lado están mis tres compañeros, disparando con todo lo que tienen. Los dos hombres de abajo se sacuden hasta caer inertes.

—Nos descubrieron otra vez —digo furiosa—. Debemos desaparecer.

BAJO ASEDIO

Otro motel en las afueras de Washington D. C.
Martes, 20 de marzo, 9:00 p. m.

Antes de salir del motel, esquivando cadáveres, nos detuvimos a revisarlos. Ninguno tenía nada que los identifique, así que no quedaron dudas, eran asesinos profesionales. Recogimos nuestras cosas, que siempre están preparadas en pequeños bolsos para movernos rápido, y nos fuimos de manera apresurada. No solo debíamos irnos porque podrían llegar más asesinos, sino también porque el ruido infernal de la balacera debía haber despertado no solo al resto de los huéspedes del motel, sino a todo el barrio. La policía no tardaría en llegar.

Recogimos algunas de sus armas y nos fuimos en los dos coches. Atravesamos todo Washington D. C. para encontrar un motel lo más lejos posible del anterior.

Entramos por separado. Con Junior nos presentamos

como señor y señora Ford. Una vez instalados, lo primero que hice fue llamar a Freddy. No le conté lo que nos pasó, pero le expliqué lo del posible hackeo a Andrew, el ataque me había interrumpido cuando lo quise hacer antes. Quedó en que hablaría con él personalmente. Luego nos pusimos a hablar los cuatro en mi habitación. Les pedí que esperaran para contarle al resto del equipo.

—Esto ya fue distinto —dice Peter preocupado—. No eran agentes del FBI, eran asesinos que fueron directo a matarnos.

—Esto cambia el juego —interviene Alain, que acababa de salir del baño—. Una cosa es que quieran atraparnos y otra muy diferente es que intenten acabarnos. Debemos ir con cuidado.

—Estás muy callada, Ainara —dice Junior, que había observado la charla sin intervenir.

Lo cierto es que no sabía si contarles lo que había dicho Carlisky o seguir manteniendo el secreto. Debo encontrar la forma de descubrir por dónde se filtra la información, y para eso tengo que probar a mis compañeros, algo que me resisto a hacer. Por otro lado, es necesario que les dé una explicación de por qué no quiero contarle nada al resto del equipo. Es una situación delicada, pero debo tomar una decisión.

—Estoy pensando en que estamos en una situación complicada —comienzo diciendo—. Antes de escapar de los agentes, Carlisky me dijo que había un soplón en nuestro equipo. Por supuesto que no le creí y por eso no dije nada. Supuse que era uno de los dobles agentes de Kurganov intentando sembrar la semilla de la desconfianza entre nosotros. Sin embargo, los acontecimientos de hoy me hacen dudar.

—No puede ser, Ainara —dice Junior negando con la cabeza—. Nos conoces muy bien a todos, y cada uno de nosotros ha demostrado siempre lealtad. No puedes creerle más a un desconocido que a nosotros.

—No es así, Junior —respondo, tratando de calmarlo—. Siempre creeré en ustedes y sigo sin confiar en Carlisky. ¿Pero cómo explicar lo que está pasando?

—Ya lo hablamos más temprano —insiste Junior, que no quiere escuchar nada de traiciones—. Lo deben haber hackeado a Andrew. Me resisto a creer que haya un traidor.

—Bien —contesto, tratando de relajar la situación.

Tenía que decirlo y fue dicho. Aunque no lo crean posible, a partir de ahora estarán alertas a cualquier cosa sospechosa: cuatro personas podrán vigilar mejor que una. Además, mantener el secreto me estaba matando. Si el Titiritero, como le dije a Junior, quería sembrar desconfianza entre nosotros, lo ha logrado, pero no tenía otra alternativa que contarlo.

—Estoy de acuerdo contigo —continúo diciéndole a Junior—, no puede ser. Sin embargo, hasta que sepamos por dónde se filtra la información, tendremos que limitar la comunicación con el equipo de Nueva York.

Me duele pensar de esa manera, pero debo velar por la vida de quienes están a mi lado, y eso incluye sopesar todas las posibilidades, hasta las menos deseadas.

—¿Cuál será nuestro próximo paso? —pregunta Alain.

—No lo sé —respondo con sinceridad, estoy tan

preocupada buscando una respuesta al problema de la filtración que me cuesta ver más allá—. Tal vez podría hablar de nuevo con Thornton y contarle lo sucedido. Sobre todo lo del Gusano, que fue para lo que nos contrató en un principio. Quería saber quién lo espiaba, ya lo sabemos, tarea realizada.

—Con respecto a eso, quería contarte algunas novedades, Ainara —vuelve a hablar Junior—. Cuando llegaron de la misión, los estaba esperando para hablarles de este tema, pero las circunstancias me lo impidieron. Hoy vine tarde porque estuve hasta el mediodía realizando averiguaciones. Hablé con un abogado especialista en cuestiones legales relacionadas con las agencias de inteligencia. Tengo buenas noticias.

—No sé de qué me hablas —lo interrumpo porque no entiendo qué tiene eso que ver con nosotros.

—Te hablo de los documentos que te dio Thornton —me explica—. Lo verifiqué con alguien que sabe de eso y me dijo que es todo completamente legal. Me explicó que incluso si Thornton no registrara su copia, podrías alcanzar la exoneración, ya que tú hubieras actuado de buena fe, creyendo que trabajabas para el Gobierno mientras eras engañada. En ese caso, Thornton podría ser acusado de mal desempeño como funcionario público, fraude y varios cargos más. Además, accedí a la cuenta del banco y figuran los depósitos de tu salario desde hace años. Toda esa información la guardé y la hice certificar por un notario público. Así que, legalmente, tú trabajas para el Departamento de Defensa como agente secreto desde antes del episodio con Turner.

Me quedo mirando a Junior sin saber qué decir. Es

muy impactante escuchar que podría volver a usar mi nombre y caminar por la calle como si fuera una persona libre.

—Si Thornton registra su copia —prosigue Junior—, esto será rápido. Pero si no lo hace, no hay de qué preocuparse, puede llevar un par de años en los tribunales, pero tarde o temprano se probará que estabas cumpliendo órdenes del secretario de Defensa. Como mucho, tendrías que cumplir con servicio comunitario por excederte en tus funciones, pero nada más.

—Bravo —dijo Peter, tomándome de la mano. En sus ojos pude ver la emoción que le causa esta noticia. Tal vez aún no estoy tomando conciencia de lo que significa. Yo, por el contrario, no siento ninguna emoción, es como si estuvieran hablando de otra persona.

—Gracias, Junior —me atrevo a decir, aunque no quiero ilusionarme. Es demasiado bueno para ser verdad, así que prefiero esperar a resolver el embrollo en el que estamos metidos antes de empezar a celebrar—. De todas formas, aún no podemos festejar. Con lo que me dices podríamos evitar al FBI, pero no a un nuevo grupo de asesinos. Al contrario, estaríamos más expuestos. Necesitamos capturar al Titiritero antes de preocuparnos en cuestiones legales y poder volver a usar nuestro nombre con libertad.

—Entonces —dice Alain—, ¿eso de hablar con Thornton y dar por concluida la tarea…?

—Sí, Alain —respondo—, creo que me adelanté con eso. La tarea se considerará concluida cuando lleguemos a Kurganov y descubramos por qué quiere esa información.

—Creo que hemos pasado algo por alto —dice Peter pensativo—. Si el que espía al Gobierno es Kurganov y el que nos perseguía desde antes de tomar este caso también es Kurganov, creo que ambas cosas deben estar ligadas.

—Eso incluye a Thornton —dice Alain—, es demasiada coincidencia que nos contrate para perseguir al tipo que nos persigue a nosotros.

Lo que dicen Peter y Alain es muy lógico. Ya lo había señalado Alain antes, hay algo raro en todo esto. No sé si recurrir a Thornton en este momento sea lo adecuado. Es mejor esperar hasta tener más información sobre Kurganov.

—Debemos recurrir a la única pista que tenemos —digo mirándolos a los tres.

—¿Qué pista es esa? —pregunta Junior.

—El Gusano —contesto—. Debemos volver con el Gusano.

RASTRO PERDIDO

Casa del hacker, Washington D. C.
Miércoles, 21 de marzo, 7:20 a. m.

Anoche nos acostamos temprano. Dos tiroteos en un solo día fueron demasiado. El ánimo estaba por el suelo y los comentarios eran cada vez más pesimistas. Fue mejor terminar la jornada porque no parecía que fuera a mejorar.

Me quedé sola en mi habitación mientras los muchachos se fueron a la de al lado. Recostada en la cama, miré el techo durante un par de horas. Faltaba mi bestia negra. Con Bob a mi lado, me habría dormido más rápido. También podría haberme dormido con un trago, pero no, solo me hubiera emborrachado hasta caer. Pensar en la bebida me indicó que no estaba bien.

No estaba segura de qué me tenía así: la posibilidad de

que alguien de mi equipo me estuviera traicionando, de que nos mataran en cualquier momento, o de que me exoneraran de todos los cargos. Pensaba en qué sucedería si fuera una persona libre, si pudiera caminar por la calle sin ocultarme. Ya perdí la cuenta de los años que llevo como fugitiva.

Una se acostumbra a alejarse de la gente, a pasar desapercibida, a vivir siempre con la probabilidad de irse en cualquier momento. Establecerse en algún lado con un proyecto de vida es algo de lo que ya me he olvidado. Tal vez la vida tenga una nueva oportunidad para darme, no lo sé. Debo ir paso a paso.

Me desperté sobresaltada y aferré mi arma. Tal vez soñé con algo, no lo recuerdo. Miré a mi alrededor y permanecí unos segundos quieta, escuchando. No sucedía nada, estaba todo en mi mente. Me levanté, me puse un pantalón, me cambié la camiseta y salí al corredor, no había nadie. Aún era de noche. Volví a la cama y miré la hora en el móvil. Eran las cinco y treinta, ya estaba por amanecer y me sentía ansiosa. Algo debíamos hacer. Volví a salir al pasillo y golpeé la puerta de mis compañeros. Tardaron unos instantes en responder. Abrieron la puerta.

—¿Qué pasa, Ainara? —preguntó Alain con cara de dormido y atrás de él se asomaron Peter y Junior.

—En un par de horas el Gusano se irá al trabajo —les expliqué—, debemos ir a buscarlo ahora mismo. Debemos averiguar cuánto sabe realmente, él pudo avisar que iríamos tras la gente de Rapifood.

—En un minuto estamos —me respondió Alain. Yo volví a mi habitación, quería limpiar mi Magnum.

LLEGAMOS a la casa del *hacker* y esta vez no andamos con vueltas. Estacionamos en la entrada y nos dirigimos directo a la puerta del frente. Golpeo. Alain es el único que rodea el lugar y va hacia atrás, por si el Gusano intenta huir. Vuelvo a golpear y no hay respuesta.

—¿Quieres que la abra? —dice Junior acercándose a la puerta. Ha desarrollado cierta habilidad para forzar cerraduras.

—Adelante —le digo y me hago a un lado.

Cuando Junior se agacha para meter sus ganzúas por la cerradura, la puerta comienza a abrirse. Da un paso atrás y yo saco mi arma. Sin embargo, todos nos relajamos cuando vemos que es Alain quien se asoma.

—Aquí no hay nadie —dice y abre la puerta de par en par para que veamos el lugar.

—¿Qué diablos? —dice Peter dando un paso adelante para entrar a la casa y ver mejor—. Se llevaron todo.

No hay mejor descripción que la que acaba de dar Peter. El lugar está vacío, no hay muebles ni nada. Alguien realizó una mudanza apresurada pero cuidadosa, no quedó ni basura.

—¿Viste el resto del lugar? —le pregunto a Alain.

—No revisé a fondo —dice él—, pero a simple vista, está todo igual.

—Llegamos tarde —digo, dando media vuelta y saliendo otra vez a la calle mientras guardo mi arma. Peter se acerca a mi lado y se lleva las manos a la cintura.

—Lo siento, Ainara —dice Peter con frustración—.

Debí haber sabido que algo así podía pasar. Creo que me estoy oxidando.

—No te preocupes —le contesto—. Ayer casi nos matan dos veces, ninguno pudo imaginarse que algo así pasaría.

—El tipo debe haber hablado —afirma Peter, expresando lo mismo que pensaba yo, por eso quería venir temprano—. Una vez descubierta su fachada, tenían que hacerlo desaparecer.

—Perdimos la única pista que teníamos —digo y esta vez soy yo la que no puede ocultar su frustración.

—Espera un minuto —dice Peter y sale caminando hacia la calle.

No sé qué está haciendo, pero veo que hay una señora en la acera de enfrente parada con un perro chihuahua. La mujer mira hacia donde estamos y Peter va directo hacia ella. Yo lo sigo.

—Disculpe, señora —le dice Peter y se le acerca—. Soy el agente Bennett del FBI.

Veo que Peter le muestra su vieja placa. Me sorprende que aún la lleve consigo. La señora se agacha y levanta al perro, como protegiéndolo.

—En esa casa —prosigue Peter luego de presentarse, señalando la casa vacía—, solía vivir un peligroso delincuente.

La mujer se cubre la boca, asustada. Es una señora de alrededor de unos setenta años. Es pequeña y delgada, con un vestido floreado, se parece a las mujeres que vi durante mi breve período en Florida. El clima de Washington D. C. está siendo mucho más benévolo de lo que suele ser en esta época del año.

—Al menos así era hasta ayer, que esa casa estaba habitada —continúa Peter—. ¿Ha visto algo raro allí?

—Sí —dice la mujer y se dirige luego al perro—. Te dije, Esculapio, que era muy extraño, tú no me creías.

El perro ladra y la mira como respondiendo.

—¿Qué cosa era muy extraña, señora? —pregunta Peter al comprobar que había encontrado una testigo.

—Anoche paseábamos con Esculapio —responde la mujer, mostrando al perro que lleva en sus brazos—. Debemos salir varias veces en la noche porque Esculapio tiene un problema con la vejiga, ¿sabe?

—Entiendo, señora —contesta Peter con paciencia. Veo a mi compañero y lo recuerdo como hace diez años, cuando realizaba sus interrogatorios. A cada persona la trata de la manera adecuada para hacerla decir lo que sabe—. ¿Qué vieron con Esculapio?

—Estaban haciendo una mudanza —explica la mujer —. ¡A esa hora! Era la una de la madrugada.

—Qué barbaridad —agrega Peter, meneando la cabeza—. Hay gente que no piensa en los vecinos, esa no es hora de hacer ese tipo de cosas. ¿Hay algo que recuerde de la gente que hacía la mudanza?

—Sí —responde la mujer, entusiasmada—, el camión decía «Pelícano mudanzas». Estuve a punto de llamar a la policía, pero preferí volver con Esculapio a casa.

—Muy bien, señora —le dice Peter con un gesto amigable—. Su información ha sido muy útil. Muchas gracias.

—Escuche —llama la mujer a Peter cuando él está por dejarla, así que se detiene—. ¿Corre algún peligro Esculapio?

Peter mira al perro antes de contestar y el chihuahua le devuelve la mirada.

—No, para nada —responde Peter—. No creo que ese delincuente vuelva a aparecer. Esculapio está fuera de peligro.

13

EL ENIGMA DE SMITH

MOTEL, Washington D. C.
Miércoles, 21 de marzo, 1:30 p. m.

ME HUBIERA GUSTADO CONTAR con más información, y Andrew era el apropiado para conseguirla. Sin embargo, preferí mantener nuestras acciones en secreto para evitar más sorpresas. Por ello esperaremos hasta la noche para ir a la empresa de mudanzas, evitando toda comunicación con el equipo de Nueva York. Cuando Andrew me llamó esta mañana para saber en qué andábamos, solo le dije que estábamos viendo posibles pistas, pero que no había nada seguro. Él tampoco tenía novedades, su investigación estaba estancada. Nuestra charla fue corta; me apresuré a terminar esa conversación porque me resultaba muy incómodo medir mis palabras.

Después de hablar con Andrew, fuimos a la empresa de mudanzas para reconocer el terreno. Será una incursión fácil, las características de «Pelícano mudanzas» hacen que no se necesite demasiada seguridad.

Almorzamos algo en una tienda de comida rápida y volvimos al motel. Teníamos que esperar a que llegara la noche.

Una vez allí, vamos todos a mi habitación. Junior se encarga de hacernos café. Cuando estoy por probarlo, suena mi teléfono. Es Freddy; espero que tenga cosas interesantes que contarme.

—Aquí Smith está como loco —me dice Freddy sin ni siquiera saludar—. Ayer a la mañana se enteró de las alertas sobre ti en los aeropuertos de Texas. Así que comenzó a buscar información y me pidió a mí, «el experto en Ainara Pons», que averiguara qué estaba pasando. Me tomé el resto del día para hacer tiempo y esta mañana le pasé el parte. El tema es que no solo le conté lo que decían los documentos sobre Texas.

—¿Qué más le contaste? —le pregunto porque su tono de voz había insinuado duda.

—Le conté algo que averigüé ayer sobre el agente Carlisky —me responde.

—¿De qué se trata? —insisto al ver que está dando vueltas.

—Se especializa en investigaciones secretas y de encubierto. Es por eso que nadie está al tanto de las emboscadas, porque esa división trabaja de manera independiente para evitar filtraciones.

—Eso es lo que suponíamos —le digo. Todavía siento que hay cosas que no me está diciendo—. ¿Hay algo más?

—Sí, Ainara —me dice—. En los registros figura que

le disparaste en Washington D. C., y que el tipo está internado de gravedad en este momento.

—Sabes que eso nunca sucedió —le digo—. Deben haberse enterado de que nos ayudó e intentaron eliminarlo.

—Lo mismo pensé yo —me responde—. Incluso a Smith le pareció extraño que le hubieras disparado a un agente. Me preguntó a mí qué pensaba. Le dije que no sería la primera vez que te adjudiquen cosas que no habías hecho para cubrir algo turbio. Me dijo que algo de eso podía haber. Me mostró que el informe sobre Texas tenía muchas lagunas y que lo sucedido en Washington D. C. no tenía ningún sentido. Creo que el viejo Smith ya te tiene aprecio.

Me hace gracia su comentario. Lo último que hubiera esperado era tener a Smith de mi lado.

—Con amigos así —le contesto sonriendo—, quién necesita enemigos.

—Nunca se sabe —continúa Freddy—. Lo bueno es que con Smith interesado en el tema, tendré acceso a más información.

Tal vez, por ese lado, hay posibilidades de averiguar algo más. Sin embargo, el hecho de que intentaran matar a Carlisky me preocupa bastante. Si hasta ahora no quería creer lo que dijo sobre un soplón en el equipo, los hechos indicaban que estaba siendo sincero. Además, también hemos perdido al único contacto que teníamos dentro de las filas enemigas. Le digo a Freddy que se mantenga al tanto de la condición de Carlisky y que, de ser posible, pacte una entrevista con él.

—Es muy probable que lo haga —me responde—.

Smith está evaluando seriamente viajar a Washington D. C. y verificar él mismo lo que ha sucedido.

No estaría mal tener a Freddy en la ciudad. Si hay alguien que puede prevenirnos sobre lo que haga el FBI y cubrirnos de ser necesario, es él. Por último, queda otro punto a tratar.

—¿Hablaste con Andrew sobre la posibilidad de que lo hubieran hackeado? —le pregunto.

—Sí —responde Freddy—. Le hablé en persona para evitar medios electrónicos. Casi se sintió ofendido. Aun así, verificó todos sus sistemas y me dijo que era imposible, que su red no había sido vulnerada, pero que de todos modos reforzaría su seguridad.

Al escuchar esto, me doy cuenta de que debo hacer algo para definir el tema de la traición. Así que tomo una decisión arriesgada, pero es necesario poner a Tanaka a prueba. Le digo lo que haremos por la noche en la empresa de mudanzas, con hora y dirección. Si no sufrimos una emboscada, podré sacar a Freddy de la lista de sospechosos. También le pido que no le diga nada a nuestros compañeros de Nueva York, aunque Andrew asegure que no fue hackeado, la información se estaba filtrando por algún lado.

14

EL MISTERIO DEL DEPÓSITO

Empresa de mudanzas, Washington D. C.
Miércoles, 21 de marzo, 11:30 p. m.

AL LLEGAR al lugar por la noche, el paisaje se ve más tranquilo que durante el día. No hay seguridad y las luces dentro del edificio están apagadas. Me acerco al sitio mientras los muchachos permanecen en el coche. Desde afuera, por las persianas apenas entreabiertas, se ven tres escritorios y una puerta que da a la parte trasera. A un costado de la entrada, hay una enorme cortina metálica cerrada, donde deben guardar los camiones. Vuelvo al coche, tras unos minutos, verificamos que no hay movimientos. Nos ponemos pasamontañas para cubrir nuestros rostros y no ser identificados por las cámaras. No hay nadie en la calle, así que nos movemos con cierta tranquilidad.

—Me siento como un ladrón de bancos —dice Junior, adelantándose.

Ahora es su turno, va primero y abre la puerta con sus ganzúas, no le lleva mucho tiempo. Luego regresa al coche. Él se quedará en el vehículo, esperándonos, mientras nosotros revisamos el lugar. Nos avisará si viene alguien o si alguna alarma silenciosa trae a la policía.

La idea es encontrar en los registros de la empresa quién encargó la mudanza y a dónde llevaron las cosas. Si el Gusano sigue con vida y simplemente lo han trasladado, podremos volver a encontrarlo. Si no, al menos sabremos quién pagó por el trabajo.

Con Peter y Alain bajamos del coche e ingresamos al local. Trabamos la puerta detrás de nosotros y cerramos bien las persianas para no ser vistos desde afuera. Alain me señala una cámara en la pared, no demasiado alta. Agarro un sobre de papel manila que está sobre uno de los escritorios, me subo a una silla y cubro el dispositivo. Lo más probable es que no haya nadie viéndola en directo. Luego me saco el pasamontañas, ya no era necesario cubrirme.

Cada uno va a un escritorio y nos sentamos frente a los ordenadores. Nos miramos.

—Nos falta Andrew aquí —dice Peter, quitándose también el pasamontañas. A pesar de haber sido el último en ingresar al equipo, entiende muy bien la importancia de Andrew en el proceso.

—Podemos llevarnos los ordenadores —sugiere Alain, que también ha dejado su rostro a la vista—. Se los mandamos a Andrew y luego nos dirá qué encontró.

Sopeso la situación. Es una posibilidad, pero nos

llevará mucho tiempo. Miro a mi alrededor, hay un mueble a espaldas de Peter que parece ser un fichero.

—Tal vez sigan haciendo las cosas a la antigua —digo, levantándome para ir hasta allí.

Abro el primer cajón. Peter se para a mi lado con la linterna del móvil. Hay documentos apilados. Los reviso y todos tienen fecha de esta semana. Puede que incluso no los hayan ingresado al sistema aún.

—¡Bingo! —exclama Peter—, lo que buscamos debería estar aquí.

Llevo los documentos a uno de los escritorios, son como una docena de registros sobre las mudanzas. Los revisamos entre los tres. En ninguno aparece el nombre del *hacker*.

—Aquí está —dice Alain, entusiasmado—, esta es la dirección del Gusano, pero está a nombre de un tal George Dillon.

—¿Figuran los datos de ese Dillon? —pregunta Peter.

—Solo su teléfono y número de documento —responde Alain.

—¿Y a dónde llevaron las cosas? —pregunto.

—Déjame ver —dice Alain mientras revisa el papel—. Aquí está, lo llevaron a un depósito.

—¿Dónde queda el depósito? —pregunta Peter.

—No dice —contesta Alain—. Solo aclaran que se las llevaron al depósito anoche, al contenedor cuatro, pero no dan la dirección.

—Aguarden —digo mientras reviso otros papeles. En un registro sobre otra mudanza, también se habla de un depósito sin mencionar la dirección. Miro entonces a una pared en la que hay un cartel con el logo de la empresa y muestran sus servicios. Lo señalo.

—Depósito —lee Alain—. Debe ser aquí mismo.

—Busquémoslo —digo y voy hacia la puerta que da al interior—. Llévate esos documentos, Alain.

Mientras él recoge los papeles, yo abro la puerta. Salgo a un corredor. Hay una puerta a la derecha, dos a la izquierda y otra al fondo. Alguna de ellas debe llevar al depósito. Abro la puerta de la derecha y encuentro un camión. Es el *parking* con la persiana metálica que se ve desde afuera. Me asomo y veo que hay dos camiones pequeños y dos grandes. Regreso al corredor.

—Por aquí no es —le digo a Peter, que estaba parado en el umbral.

Voy hacia una de las puertas que está al otro lado del corredor. La abro. Es solo un baño. La vuelvo a cerrar y vamos hasta la siguiente. La abro, afortunadamente, no estaba con llave. Es una oficina grande, tal vez la del dueño. Con un escritorio, un sofá…

—Diablos —digo al ver a un hombre durmiendo en el sofá. El hombre se despierta y me ve también a mí; es un guardia de seguridad. Me lanzo hacia él y forcejeamos.

—¡Jacob! —grita el hombre antes de que con un derechazo a la boca lo deje en silencio. El tipo cae hacia atrás y queda recostado en el sofá como si nunca se hubiera despertado.

—¿Quién demonios es Jacob? —pregunta Alain al mismo tiempo que se escucha un ruido. Desde dentro de la oficina veo a los muchachos en el corredor, que miran hacia atrás y salen corriendo. Voy detrás de ellos y los encuentro a los golpes con otros dos guardias. Alain patea en el estómago a uno, y cuando ese se agacha por el dolor, le da un golpe en la cabeza con el codo. Peter empuja al siguiente guardia contra la pared y, tomándolo del cuello, lo hace volar y caer en el suelo frente a mí. El hombre intenta levantarse y lo tomo del cuello, inmovilizándolo. Alain también redujo contra el suelo a su oponente, poniéndole la rodilla en la espalda.

—¿Hay más guardias? —le pregunto al que sostengo del cuello.

—No —me responde aún forcejeando, así que le aprieto el cuello un poco más para que comprenda quién manda.

—¿Dónde está el depósito? —le sigo preguntando.

—Allá —dice el hombre, señalando la puerta al final del pasillo por donde acaban de pasar.

—Llévenlos a esa oficina con su compañero —les digo a los muchachos—, que no hablen ni se muevan.

Peter agarra al hombre que sostenía yo y Alain lo sigue con el otro.

—Vamos, Jacob —le dice Alain, que acaba de ver su nombre en el uniforme.

Mientras ellos se encargan, me dirijo al depósito. Tal vez encontremos algo entre las cosas del *hacker* que nos dé alguna pista de su ubicación.

Atravieso la puerta y me encuentro con un pasillo amplio. Tiene diez persianas cerradas con candados, cinco a cada lado. Al final hay otro gran portal cerrado con una cortina metálica. Busco el contenedor cuatro, se supone que allí están las cosas del *hacker*. Lo veo y voy hacia él. Me acerco y miro los candados, no podré abrirlos de una manera amable.

—Listo —dice Peter desde el extremo del corredor. Viene caminando con Alain hacia mí.

Los miro a ellos, miro los candados y no lo pienso más. Saco mi arma y les disparo. Los metales saltan en todas direcciones.

—Uf —digo—, estaba abierto.

Alain y Peter sonríen. Al llegar a mi lado, se agachan y levantan la persiana. Los tres miramos dentro del contenedor. Hay muebles y cajas de cartón. Entramos al contenedor y comenzamos a revisar. Los muebles no tienen nada en sus cajones. En las cajas solo hay ropa, nada más. Ningún dispositivo eléctrico ni documentos que nos puedan dar alguna pista.

—Miren esto —dice Alain mientras saca de una caja un traje de baño masculino muy diminuto de color dorado.

—Déjate de tonterías, Alain —digo—. Esto es inútil. Aquí no hay nada.

—Ya hemos hecho bastante ruido —dice Peter mirando mi arma—, es hora de irnos.

Volvemos hacia atrás, y cuando pasamos por la oficina donde están amarrados los guardias, Alain se detiene.

—Esperen —dice, pero yo no sé qué pretende.

Entra a la oficina, saca su arma y se la pone en la frente a uno de los hombres.

—¿Dónde guardan los videos de las cámaras? —pregunta.

El hombre no le puede responder porque está amordazado, pero murmura algo. Alain le baja el trapo que tiene sobre la boca.

—En ese mueble —dice el guardia señalando con la cabeza.

Alain va hacia donde le señalaron, abre una puerta de madera y halla un ordenador. Guarda su arma en la cintura y con las dos manos aferra el CPU. Tira con fuerza y lo arranca, dejando varios cables colgando.

—Ahora sí —dice—. Podemos irnos.

15

LA SOMBRA DEL TITIRITERO

Barrio residencial, Washington D. C.
Jueves, 22 de marzo, 12:30 a. m.

—Seguimos con las manos vacías —le dijo Alain a Junior apenas volvimos al coche.

—¿No averiguaron nada? —preguntó Junior más como una queja que como una pregunta en sí. Nuestros rostros decían todo.

—Solo tenemos el nombre de la persona que contrató la mudanza —le aclaró Peter—. Supongo que mañana intentaremos encontrarla. De alguna forma, la hallaremos.

—¿Por qué esperar hasta mañana? —preguntó Junior mientras arrancaba el coche. Esta vez no lo hizo ni como pregunta ni como queja, era una proposición—. Si le pasamos el nombre a Andrew, lo ubicaremos enseguida. Ya vimos lo que pasó con el Gusano por demorarnos.

Alain y Peter me miraron, esperando mi opinión. Ellos sabían de mis dudas sobre las filtraciones y, lamentablemente, Andrew era sobre quien recaían mis sospechas. Junior, por el contrario, creía imposible que hubiera un soplón y por eso hizo su propuesta de forma tan natural. Tal vez había llegado el momento de someter a Andrew a prueba y correr el riesgo. Por otro lado, nos sería muy difícil encontrar al que pagó la mudanza sin su ayuda. En definitiva, Junior tenía razón, no podíamos dejar que este hombre se nos escape, ya aprendimos la lección.

—Bien —dije accediendo—, llamémoslo.

La respuesta de Andrew no demoró en llegar. Hizo honor a su eficiencia. En menos de media hora teníamos la dirección de George Dillon. Era un empresario de la construcción que, según la rápida investigación de Andrew, no andaba en nada ilegal. ¿Qué podría tener que ver este hombre con Kurganov? La única forma de saberlo sería yendo a confrontarlo. Así que no lo dudamos y fuimos al barrio residencial donde este hombre tenía su casa.

Ya en la puerta, no vemos nada extraño. Es una casa grande, pero no llega a ser una mansión. Seguimos la misma rutina de siempre. Aparcamos más adelante y verificamos la ubicación de las cámaras. Había una sola. Alain va hasta la cajuela del coche y saca un bate de béisbol. Camina hasta la cámara con la capucha de su playera puesta y la rompe de un batazo. Peter había traído su arsenal consigo desde Texas, volar en pequeñas avionetas tiene sus privilegios. Entre todas las cosas que tenía Peter en esa caja de Pandora, se encontraba un bate de béisbol. Cuando lo vi, me pareció exagerado, pero sirvió a su propósito: una cámara menos. El camino está despejado.

Alain vuelve al coche y guarda el bate. Salimos con Peter y vamos los tres hacia la entrada principal. Junior vuelve a quedarse en el vehículo, a él no le molesta, prefiere evitar las partes violentas. En definitiva, es bueno tener a alguien con nosotros que no sea buscado por la policía, y queremos que siga así.

A esta hora, el lugar está desierto, así que saltamos la pared que separa el jardín de la calle sin ningún problema. Nos acercamos a una de las ventanas y vemos a un hombre con una mujer sentados en un sofá, aparentemente, miran la televisión. Reviso mi móvil para verificar que sea el hombre correcto: Andrew me mandó una foto. Sí, es él.

—Deberemos interrumpir de nuevo —digo viendo que otra vez nuestro objetivo está con su pareja.

—Al menos no están desnudos —dice Alain sonriendo.

—Yo abro la puerta —dice Peter y se ubica junto a la entrada, dispuesto a abrirla de una patada.

Parece que será algo fácil. Estoy por darle el okey para irrumpir cuando veo un movimiento detrás del sofá. Al principio no sé qué es, y veo que ambos giran para mirar. Es un niño de unos cuatro años que los rodea, llega corriendo y se echa a los brazos de la mujer.

—Espera —le digo a Peter. Maldición, es una familia. Alain se me acerca y mira por la ventana, ve lo mismo que yo.

—¿Y ahora? —me pregunta. Al igual que yo, duda sobre cómo actuar.

—No sé —respondo. No quiero asustar al niño—. Aguardamos un instante.

Me quedo viendo por la ventana. No me gusta la situación. No soy una bravucona y tengo mis límites. No me importa a quienes deba enfrentar, pero con un niño en el medio las cosas son distintas.

Observo entonces que la mujer se levanta y alza al niño. Se marcha con el pequeño en brazos hacia la parte de atrás de la casa, de seguro intentará que se duerma, ya no es hora de que esté despierto.

—¿Pueden abrir la puerta sin hacer ruido? —le pregunto a Alain.

—Seguro —me responde y va hacia donde está Peter, que no entiende qué está pasando. Veo que le susurra algo y luego se agacha sobre la cerradura. Saca un objeto de su bolsillo, lo introduce en el orificio y lo manipula. En un momento se detiene y me mira, afirmando con la cabeza. Echo otro vistazo y sigue el hombre solo. Voy entonces hasta los muchachos.

—Junior no es el único que abre puertas —me dice Alain.

—Vamos —le digo y saco mi arma.

La puerta se abre con lentitud y entramos los tres. George Dillon nos ve e intenta ponerse de pie, pero ya estoy sobre él y lo empujo para que caiga de nuevo en el sillón. Le apunto con el arma a la cabeza sin darle ninguna oportunidad a que se resista.

—Si me respondes rápido sin hacer estupideces —le

digo—, nos iremos antes de que tu esposa y tu hijo se enteren de que vinimos.

El hombre asiente con la cabeza, nervioso, no parece querer hacer escándalo.

—¿Dónde está Ryan Carter? —pregunto sin alzar la voz—. ¿Por qué pagaste su mudanza?

—No sé quién es Carter —responde el hombre hablando rápido—. Si se refieren a la mudanza de anoche, yo solo debía encargarme de guardar sus cosas en un depósito, nada más.

—¿Cómo es que guardas los muebles de alguien sin saber quién es? —pregunto sin mover mi arma ni un milímetro. Todavía no entiendo cuál es el papel de este hombre en la trama de Kurganov.

—Porque me lo ordenaron —contesta.

—No des vueltas que el reloj sigue avanzando —digo mirando hacia el pasillo por el que se fue su mujer. Él también mira de reojo hacia allí y se apura a contestarme.

—Me lo ordenó el Titiritero —explica—. No lo conozco personalmente, me ordena lo que debo hacer por teléfono y yo lo hago, pero nunca es nada ilegal. ¿Las mudanzas no son ilegales, verdad?

—¿Mudanzas? —pregunto al darme cuenta de que lo dijo en plural—. ¿Hubo más de una?

—Fueron tres en total —contesta Dillon mientras mira que aún no viene su mujer—. Todas en distintos lugares en los alrededores de Washington D. C.

—Dime los nombres de quiénes se mudaron —le ordeno.

—No sé los nombres —responde—, pero tengo las direcciones.

Agarra el móvil que tenía a su lado y busca una conversación de WhatsApp. Lo dejo hacerlo porque ya me he dado cuenta de que el hombre no quiere problemas. Me lo muestra y veo tres direcciones, una de ellas es la del Gusano. Saco mi móvil y le tomo una foto a su pantalla.

—¿Por qué haces esto? —le digo, queriendo saber cuál es su relación con el Titiritero, tal vez pueda darnos alguna pista para llegar a él—. No pareces un delincuente, tienes una familia. ¿Por qué trabajas con el Titiritero?

—No trabajo con él —responde—. No tengo otra alternativa que hacer lo que me ordena. Hace dos años oculté unos datos de mi empresa para ganar una licitación del Gobierno. Estaba en bancarrota, mi hijo tenía dos años y ese negocio me salvaría de que me quiten la casa. Al poco tiempo, me empezó a llamar el Titiritero por teléfono. Me decía que tenía las pruebas de mi engaño, que podría ir a prisión por estafar al Gobierno. Comenzó a pedirme favores, nada grave, principalmente, que lleve cosas de un lado a otro o que le pague algo a alguna persona que no conocía. Pocas cosas y cada tanto, pero no podía hacer más que obedecer.

—Tienes algún otro dato del Titiritero —le pregunto. Estoy segura de que me dice la verdad. Cometió un error y quedó de rehén para siempre.

—No —contesta—, no sé nada. Hacía meses que no se comunicaba conmigo. Hace dos días reapareció y me pidió las mudanzas con urgencia. Se lo juro, no sé nada.

Bajo entonces mi arma. Siento algo de pena por este hombre.

—Yo me encargaré del Titiritero —le digo—, pero ya ves las consecuencias de hacer trampa. No lo vuelvas a hacer.

—No lo haré —me contesta—. Se lo juro, ya aprendí.

—Quédate sentado como si no hubiera pasado nada —le digo y miro a los muchachos. Alain está al lado de la puerta y Peter junto al corredor. Les hago una señal con la cabeza para que nos vayamos y los tres salimos de la casa. Mientras Alain cierra la puerta, me detengo y me acerco a mirar por la ventana. Dillon permanece sentado sin moverse, parece una estatua. En eso aparece la mujer. Camina hasta el sillón y se sienta junto a Dillon. El hombre la abraza de repente y se pone a llorar.

16

RED DE HACKERS

COLUMBIA HEIGHTS, Washington D. C.
Jueves, 22 de marzo, 10:00 a. m.

APENAS SALIMOS de la casa del empresario, subimos al coche y le contamos a Junior lo sucedido.

—Debemos decirle a Andrew —nos respondió Junior después de escuchar—. Él puede averiguar a quién corresponden esas direcciones.

Le hice caso. Así que le avisé a Andrew sobre lo que habíamos encontrado. Le pasé la imagen con las direcciones para que investigue. Sabía que no era mucho, pero era mejor que nada. A su vez, estaba contenta de no haber caído en una trampa, lo cual alejaba las sospechas sobre Andrew; eso era bueno. Si Andrew había reforzado su seguridad después de que Freddy le dijera que podían estarlo hackeando, tal vez el problema de la filtración podía haberse solucionado.

Comimos algo por el camino y volvimos al motel. A la mañana temprano, llegó el informe de Andrew.

—Las otras dos direcciones pertenecen a otros *hackers* —me explicó—. El Titiritero ha conformado un *staff* de *hackers* como nunca se ha visto, podrían hacer cualquier cosa. Los investigué y descubrí que había sucedido lo mismo que con el Gusano: limpiaron sus expedientes. De repente son ciudadanos ejemplares.

—¿Y ahora dónde están? —le pregunté.

—Trabajan en puestos a los que nunca deberían acceder. Uno de ellos está en la sede local de la empresa distribuidora de energía más importante del país, y el otro en una cadena de televisión. Imagina lo que son capaces de hacer allí.

—¿Crees que aún los pueda encontrar ahí? —pregunté sabiendo la respuesta. Si los habían mudado, seguro también habían desaparecido.

—Me temo que no —respondió Andrew—. Kim llamó a los respectivos trabajos, haciéndose pasar por un familiar, y en ambos lados le dijeron que desde ayer no sabían nada de ellos.

Cuando le agradecí la información, me dijo que esperara, que aún había más.

—¿Qué más? —pregunté.

—Siguiendo con el patrón de lo descubierto hasta el momento —me dijo—, investigué si algún otro *hacker* de la lista de los más buscados podía estar involucrado en lo mismo. Encontré otros cuatro con expedientes intactos, ahora son casi como santos, ciudadanos modelo. Y estoy hablando solo de los que conozco, podría haber muchos más. Tiene pinta de ser algo muy grande, una especie de infiltración a gran escala. Podrían gobernar el país sin que el propio presidente se entere, o hacernos entrar en una guerra con cualquier país.

Esa última información me dio que pensar. Estaba segura de que el Titiritero se encontraba detrás de esto moviendo sus hilos, era su *modus operandi*, infiltrar gente y extorsionar a personas como lo había hecho con el empresario de la construcción. ¿Qué estaba tramando? ¿Y por qué justo ahora iba detrás de mí? Estas dos cosas que en apariencia no tenían nada que ver, por algún motivo estaban unidas, necesitaba saber por qué. Ninguna de las pistas que habíamos seguido hasta ahora nos llevaron a ningún lado.

—¿Sabes dónde encontrar a esos *hackers*? —le pregunté a Andrew. Debíamos seguir intentando, no podíamos hacer otra cosa.

—Estoy trabajando en ello —contestó—. Hasta ahora sé de uno que trabaja en el Capitolio. Su nombre es Thomas Brown. Kim llamó y descubrió que sigue estando ahí en este momento. Otro lugar peligroso para soltar a un *hacker*.

—No podemos entrar en el Capitolio —respondí como reafirmando algo obvio.

—Claro que no —continuó Andrew—, pero tengo su dirección. En el Capitolio termina de trabajar a las cinco de la tarde, así que a las seis puedes encontrarlo en su casa.

—Perfecto —le dije—, así lo haremos.

Era nuestra oportunidad de atrapar a otro miembro de esta red de *hackers* y averiguar cuál es el objetivo final de todo ello. Así que de nuevo salimos los cuatro hacia la dirección que nos dio Andrew.

Era un edificio bajo y antiguo de apartamentos entre restaurantes en el distrito de Columbia Heights. No había más seguridad que la cámara de la entrada. No habrá problemas en entrar.

—¿Quieres que esperemos aquí hasta que llegue? —me pregunta Junior.

—Es temprano todavía —respondo, aún faltan más de siete horas para que el *hacker* vuelva, no tiene sentido seguir aquí—, regresaremos más tarde.

Cuando estamos por arrancar para volver al motel, suena mi móvil. En la pantalla sale el número bloqueado. Atiendo.

—Hola —dice la voz en el teléfono y lo reconozco de inmediato, es Thornton—, soy yo. ¿Tienes alguna novedad?

—Varias cosas —respondo, ya era hora de hablar con Thornton, así que su llamada es bienvenida—. Descubrí a quien te estaba espiando. Es un *hacker* conocido como el Gusano y trabaja en el Departamento de Defensa, en el Área de Seguridad Informática, su nombre es Ryan Carter. Alguien borró su registro criminal y lo hizo entrar en el Departamento de Defensa.

—¿Carter? —pregunta Thornton, que parece reconocer el nombre—. Es uno de los hombres que tengo bajo vigilancia, está entre una docena de sospechosos que tenía en vista. Recién me han avisado que hace dos días que no se sabe nada de él.

—Claro que no —contesto—, ha desaparecido. Vaciaron su casa y no hay forma de encontrarlo.

—¿Pero quién está detrás de esto? —pregunta Thornton notoriamente molesto.

—Vladimir Kurganov —digo y Thornton se queda en silencio, no reacciona—. Se hace llamar el Titiritero y está planeando algo grande.

—¿A qué te refieres con algo grande? —me pregunta sin decir nada del Titiritero. No sé qué pensar, si ya se imaginaba que era Kurganov o si solo está disimulando su sorpresa.

—Ha infiltrado *hackers* en diferentes entidades —le explico—. No sé para qué está recabando ese tipo de información de manera simultánea. Incluso tiene infiltrado a alguien en el Capitolio, hoy lo atraparemos y veremos qué descubrimos.

—Bueno —dice Thornton, dudando—. He recibido aviso de que ciertas organizaciones importantes han sufrido ataques informáticos.

—¿Hablas de la empresa de energía y de la cadena de TV? —le pregunto.

—¿Cómo sabes eso? —pregunta el secretario de Defensa, sorprendido.

—Porque ya han desaparecido los dos hombres que hackearon esas empresas —le explico—. Cuando cortemos, te enviaré los nombres para que los investigues.

—Okey —dice Thornton y otra vez se queda en silencio un instante. Luego continúa—. Escucha, atrapa a Kurganov y no solo serás una mujer libre, sino que te daré el cargo que quieras, en la agencia que quieras.

Thornton acaba de subir la apuesta. En realidad, no me interesa ningún cargo, pero es una propuesta que tengo que analizar con mi equipo, tal vez sirva de algo.

Evidentemente, algo sabe de Kurganov, y a eso se debe tanto interés. Ni siquiera se preocupó por lo que le dije del *hacker* en el Capitolio. Queda claro que le importa más Kurganov que cualquier otra cosa.

—Algo más —dice cuando estoy por terminar la llamada—. Ante la duda… no es necesario que lo traigas con vida.

ESTA VEZ NO LA SALVARÁ
NADIE...

COLUMBIA HEIGHTS, Washington D. C.
Jueves, 22 de marzo, 6:00 p. m.

VOLVIMOS a Columbia Heights a las cinco de la tarde. Peter y Junior se sentaron en un restaurante frente al edificio del *hacker*. Desde allí pueden vigilar la entrada. Nos avisarán cuando llegue Thomas Brown. Mientras tanto, Alain y yo permanecemos en el coche a dos cuadras del lugar. A mí nunca me toca esperar en un lugar cómodo, la próxima vez será distinto.

Lo que me dijo esta mañana Thornton me puso en alerta. Aquello de que no era necesario que llevara al Titiritero con vida fue muy fuerte. No esperaría de alguien que respete la ley una sugerencia como esa, ya que prácticamente me pidió de una manera elegante que lo asesine. Creo que se aprovecha de mi historial, en el pasado he hecho cosas así y el resultado fue lo que estoy viviendo ahora, una vida de fugitiva. Resulta irónico que para volver a estar dentro de la ley, deba hacer lo mismo que me sacó de ella.

Ya veré qué hacer cuando llegue el momento, pero todo indica que algo sabe Thornton sobre Kurganov que no me está diciendo. Además, su oferta de aumentar mi recompensa era innecesaria. El trato que habíamos hecho era más que suficiente. ¿Por qué me ofreció aún más? ¿Por qué prefiere al Titiritero muerto en lugar de preso? Le pediré a Andrew que investigue también a Thornton, tal vez haya algún secreto que esté tratando de esconder.

—Objetivo a la vista —escucho decir a Peter por el auricular que llevo puesto—, acaba de entrar al edificio.

—Ya vamos —respondo y salimos del coche.

Caminamos rápido las dos cuadras y, cuando estamos llegando, lo veo cruzar a Peter. Junior sigue en el restaurante, controlando todo desde allí. Veo que una mujer sale del edificio y me apuro a sujetar la puerta antes de que se cierre. La mujer me mira.

—Buenas tardes —le digo mientras Alain y Peter entran. La mujer me observa sin saber si saludar o preguntarme quién soy. No le doy tiempo a hacer nada. Entro yo también y cierro la puerta detrás de mí. Alain llama al elevador. Es un edificio de cuatro pisos y el *hacker* vive en el tercero. El elevador llega vacío y entramos. Peter presiona el tres y comenzamos a subir.

—Ainara —me llama Junior por el auricular—, dos hombres sospechosos se acaban de detener en la puerta del edificio. Parecen agentes.

—Demonios —digo mirando a los muchachos—, es otra trampa.

—No puede ser —dice Alain, que comienza a caminar dentro del cubículo como un felino encerrado.

Miro el panel del elevador, veo que estamos llegando al tercero y comienza a detenerse, aprieto el botón del cuarto. Las puertas se abren de todos modos y yo presiono cerrar. Cuando se están cerrando, aparecen dos hombres de traje con armas en las manos.

—FBI… —dice uno de ellos, pero no puede continuar la frase porque Alain le pega una patada en el pecho, tirándolo hacia atrás.

Peter forcejea con el otro. Las puertas se traban con los hombres que están peleando, pero Peter, de un empujón, lo arroja sobre el otro, que se estaba recomponiendo, y las puertas terminan de cerrarse. Arrancamos de nuevo y llegamos al cuarto. Cuando las puertas se abren, salimos corriendo por el pasillo hacia donde está la escalera. Entramos y nos topamos con otros dos agentes. Esta vez soy yo quien pateo a uno de ellos en los testículos. Peter toma al otro del brazo que sostiene el arma y, agachándose un poco, lo lleva hacia sí para lanzarlo al corredor por el que veníamos. Alain toma al otro del cabello y también lo arroja hacia allí. Los dos que habíamos enfrentado en el piso de abajo empiezan a subir desde el tercero y nosotros corremos escaleras arriba.

—Deténganse —nos gritan, pero los ignoramos. Llegamos a una puerta que está trabada y Alain le vuela la cerradura de un tiro. Salimos a la terraza.

—¿Y ahora? —pregunta Peter.

No digo nada, simplemente comienzo a correr hasta el final de la terraza y salto sobre la baranda. El edificio de al lado es unos metros más bajo, pero nada que no se pueda superar. Caigo, ruedo, me levanto y sigo corriendo. Escucho a los muchachos caer detrás de mí. Sigo hacia el próximo edificio, que es dos metros más alto. Salto, me cuelgo y subo. Me doy vuelta y los veo a Peter y Alain trepando también, entonces escucho un disparo que da junto a mis pies.

Cuatro agentes vienen tras nosotros. Dos de ellos ya saltaron a la terraza de la que vinimos y los otros dos nos apuntan desde el edificio del *hacker*. Saco mi Magnum y empiezo a dispararles también, los impactos en la baranda hacen saltar escombros. Los hombres se agachan para parapetarse, esto le da tiempo a Peter a terminar de subir. Le disparo a los pies a los dos que venían corriendo, y deben desviarse para quedar ocultos. Nosotros comenzamos a correr y quedamos fuera de la línea de fuego. Este edificio termina en un techo inclinado que cae a cuarenta y cinco grados hacia una terraza mucho más baja. Los miro a mis compañeros y ellos asienten con la cabeza. Saltamos, tratando de correr hacia abajo sin caernos. Nos inclinamos hacia atrás para no irnos de boca. Cuando llegamos al borde, no hay forma de frenar y caemos de más de dos metros de altura. Peter cae mal y se tuerce el tobillo.

—¡Maldición! —exclama Peter, pero se pone de pie y continúa corriendo con nosotros.

—Hacia allá —dice Alain, señalando la escalera de emergencia que se ve al costado de la terraza. Vamos hasta ella y empezamos a bajar. Da a un callejón en el que no hay nadie abajo. Esto de escapar por callejones se está haciendo rutina. Alain va primero, yo detrás y por último Peter. Al llegar al primer piso, la escalera se transforma en una que se desliza hacia abajo con nuestro peso. Alain la acciona y baja hasta el último metro, ahí debe descolgarse. Lo sigo y cuando caigo, veo que está parado a mi lado, mirando hacia la parte abierta del callejón. Giro y veo que hay dos agentes apuntándonos con sus armas.

—No se muevan —dice uno de ellos, sonriendo. Lo reconozco, es el que daba las órdenes en Texas—. Esta vez no la salvará nadie, señora Pons.

—Eso crees —dice una voz detrás del hombre, y cuando va a girar, recibe un culatazo en la cara que lo desmaya—. No te atrevas —dice luego Junior, poniéndole el revólver entre los ojos al otro agente—. Abajo, al suelo.

El hombre suelta el arma y se arroja al suelo. Junior patea el arma hacia nosotros. Recién entonces baja Peter de la escalera.

—¿Qué pasó? —pregunta.

No le contestamos y vamos hacia Junior. Alain recoge las dos armas de los agentes y salimos a la calle.

—¿Cómo supiste? —le pregunto a Junior.

—Solo seguí a los agentes —me explica y corremos hasta la esquina. Una vez que damos la vuelta, comenzamos a caminar hasta el coche. Ya los dejamos atrás.

DESCIFRANDO EL CAOS

En el motel, Washington D. C.
Jueves, 22 de marzo, 7:30 p. m.

—Así no se puede —dice Alain quitándose la chamarra y tirándola al suelo—. No podemos seguir exponiéndonos de este modo. Hasta que no sepamos cómo se enteran de lo que vamos a hacer, no podemos continuar.

Miro a Junior, que se sienta en una silla cabizbajo. Creo que está empezando a tomar en cuenta la posibilidad de una traición. Peter entra rengueando detrás de mí con gesto de dolor.

—¿Cómo está ese tobillo? —le pregunto.

—No es nada —me dice—. Con un poco de hielo y analgésicos, para mañana estaré bien.

Junior se levanta de la silla y busca su mochila. Saca un frasco de medicamentos y se lo arroja a Peter. Yo, mientras tanto, agarro el móvil y llamo a Freddy.

—Nos emboscaron de nuevo —le digo casi resignada.

—¿Cómo? —me pregunta Freddy— ¿Dónde?

—¿No te dijo nada Andrew? —le pregunto, quiero encontrar la filtración.

—No —me responde—, hoy no hablé con Andrew. ¿Qué pasó?

—Otra vez nos esperaba el FBI cuando fuimos tras una pista —le explico—. Debes averiguar cómo saben todo lo que hacemos.

—Haré lo posible —responde—, pero creo que lo haré desde allí. Mañana iré a Washington D. C. con Smith. Él también quiere saber qué está sucediendo.

Terminamos de hablar y estoy más convencida aún de que Tanaka no es el soplón; si no había hablado con Andrew, no tenía forma de saber lo que haríamos. Lamentablemente, todas las flechas apuntan a Andrew. Hasta ahora lo que sabemos es que el Titiritero se ha encargado de reclutar *hackers*, y Andrew lo es. El único que ha conocido de antemano todos nuestros movimientos cada vez que nos atacaron ha sido él. ¿Por qué haría algo así? Por dinero seguro que no, sé que tiene ahorrado bastante y, con sus habilidades, podría obtener lo que quisiera sin necesidad de trabajar conmigo. ¿Rencor hacia mí? No, eso seguro que no. ¿Con qué lo podrían estar extorsionando? Tal vez le hicieron lo mismo que al Gusano, lo pueden haber amenazado con que terminaría tras las rejas. No, no puede ser, debe haber algo más.

Suena mi móvil, como si lo hubiera llamado con la mente, es Andrew por videollamada.

—Hola, Ainara —dice Andrew—. ¿Cómo les fue con el *hacker*?

Antes de poder contestarle, escucho los ladridos de mi bestia.

—Bob —le digo—. ¿Dónde estás?

Mi cachorro sube sus patas delanteras a la mesa y hace que el ordenador de Andrew casi se caiga. Ladra sin parar.

—Te extraño, cariño —le digo y Bob aúlla como un lobo, nunca lo había oído hacer algo así.

—Hace unos días aprendió a hacerlo —me explica Andrew—. Hay un hospital aquí cerca, y cada vez que pasa una ambulancia con su sirena, él empieza a aullar.

—Vaya —digo y siento que me estoy perdiendo de muchas cosas. Si me preocupa no escuchar el primer aullido de mi perro, cuántas otras cosas me estaré perdiendo por vivir este tipo de vida. Nunca soñé con tener una familia, ni siquiera me detuve a pensarlo; pero en este momento creo que tal vez debí darme una oportunidad.

—Fue una maldita trampa —grita Alain detrás de mí y me saca de mis pensamientos, está furioso.

—¿Otra vez? —pregunta Andrew, muy sorprendido, mientras acaricia a Bob para intentar calmarlo. Mi bestia negra le lame la cara y lo deja solo. Trato de analizar sus gestos, buscando algo que confirme mis sospechas, pero no logro ver nada—. Lo siento mucho, Ainara. Volveré a revisar todos mis sistemas, no hay otra forma de que lo supieran más que espiándome a mí. Sé que usas móviles que no son rastreables, pero luego de esta conversación, buscaré otra forma de comunicarnos.

—Ya veremos —le digo por no saber qué más decir, suena muy sincero—. Nosotros estamos en blanco, no sabemos cómo seguir. ¿Tú tienes alguna novedad?

—Sí —responde Andrew—, vaya que la tengo. Los ataques cibernéticos han empeorado. Han hackeado el sistema eléctrico y dejado sin energía a varios estados. El Gobierno dijo que se trataba de algún problema en la red, que no había por qué preocuparse, pero cuando los apagones se multiplicaron por todo el país, las redes sociales estallaron hablando de atentados terroristas.

—¿Cuántos estados se quedaron sin luz? —pregunto para conocer la magnitud del hecho.

—Seis en total —responde Andrew.

—¿Ha sucedido algo que llame la atención durante esos apagones? —pregunto tratando de encontrarle una lógica—. Tal vez los utilizaron para realizar robos importantes, secuestros o algún otro crimen para el que necesitaban que no hubiera electricidad.

—Nada hasta ahora —contesta Andrew—. El último fue hace una hora y he estado monitoreando las redes policiales, no ha sucedido nada que me llame la atención.

Es muy extraño que sean ataques aleatorios. Kurganov no trabaja así. ¿Para qué haría algo como eso? ¿Cómo saber si es realmente el Titiritero quien está detrás de los apagones? En este caso de mierda solo hay incertidumbre.

—Al Titiritero —reflexiono en voz alta—, si es que fue él quien lo hizo, le debe haber llevado bastante tiempo infiltrar a sus *hackers* y planear esto. El Titiritero no hace movimientos al azar, cada acción es un hilo de una red más amplia, cada ataque una letra en un mensaje encubierto.

De repente, Andrew se sobresalta.

—Esperen, acabo de recibir un mensaje encriptado. Podría ser de Kurganov. Denme un par de minutos y les doy los datos accesibles…

Todos nos acercamos a la pantalla mientras Andrew descifra el mensaje. En la pantalla aparece una serie de números:

«6-1-12-20-1 | 4-5 | 3-15-18-18-9-5-14-20-5

5-12 | 20-9-5-13-16-15 | 19-5 | 1-3-1-2-1

12-1 | 8-15-18-1 | 4-5-12 | 14-15 | 18-5-20-15-18-14-15»

—¿Qué demonios significa eso? —pregunta Alain, claramente frustrado.

Miro los números, tratando de encontrar un patrón. De repente, me doy cuenta.

—Es un código —digo—. Cada número representa una letra del alfabeto. Mira, si reemplazamos cada número por su letra correspondiente...

Tomo un papel y comienzo a escribir:

«FALTA DE CORRIENTE

EL TIEMPO SE ACABA

LA HORA DEL NO RETORNO».

Un escalofrío recorre mi espalda. Kurganov está enviando un mensaje, y está relacionado con los apagones.

—Los cortes de energía —digo—. No son aleatorios. Son una cuenta regresiva.

—¿Para qué? —pregunta Junior.

—No lo sé —admito—. Pero sea lo que sea, no tenemos mucho tiempo. «La hora del no retorno» suena como una advertencia... o una amenaza.

Peter se inclina hacia adelante.

—Espera, ¿no dijiste que hubo seis estados afectados? ¿Y que cada apagón duró seis minutos, con seis minutos entre ellos?

Asiento, sin saber a dónde quiere llegar.

—6-6-6 —dice Peter—. Kurganov está jugando con el simbolismo apocalíptico. Y si los apagones son una cuenta regresiva...

De repente, me doy cuenta de algo.

—Los estados afectados... Delaware, Montana, Oregón, Vermont, Virginia... son el 1°, 41°, 33°, 14° y 10° estados en unirse a la Unión, respectivamente.

Todos me miran, esperando que continúe.

—Si sumamos esos números de orden... 1 + 41 + 33 + 14 + 10... obtenemos 99. Y el próximo número en esa secuencia sería...

—100 —dice Andrew—. El centésimo estado...

—No hay un centésimo estado —señala Junior.

—Exacto —digo—. Porque es el final de la cuenta regresiva. El «no retorno» del que habla Kurganov. Sea lo que sea que esté planeando, los apagones son solo el preludio.

Me dirijo al resto del equipo. —Tenemos que descubrir cuál es el juego de Kurganov. Estos apagones son solo el comienzo. Está planeando algo grande, y tenemos que detenerlo antes de que sea demasiado tarde.

Mientras el equipo se pone en marcha, no puedo

evitar sentir que Kurganov está varios pasos por delante de nosotros. Pero no puedo permitirme dudar ahora. Demasiado está en juego. Sea cual fuere el juego del Titiritero, estoy determinada a ganarlo.

SEÑALES EN LA OSCURIDAD

EN EL MOTEL, Washington D. C.
Viernes, 23 de marzo, 8:30 a. m.

LO DEL MENSAJE de anoche me dejó en *shock*. Esto es mucho más de lo que hubiera imaginado. Si hasta el momento creía que se trataba de algo personal conmigo, ahora ya lo veo como una obsesión. ¿Por qué realizar semejante despliegue solo para llamar mi atención? ¿Qué le sucede a Kurganov? ¿Se ha vuelto loco? Le dije a los muchachos que se fueran a dormir, que necesitaba pensar. Al rato de irse, me golpearon la puerta, era Junior con comida. Me dejó una hamburguesa y se marchó. Me quedé reflexionando sobre el mensaje en los apagones. He pasado por muchas situaciones extrañas en mi vida, pero esto era demasiado. Intenté encontrar una respuesta, un porqué, pero no encontré nada. No le hice nada como para que tuviera esta clase de resentimiento, es más, no lo pude atrapar. Si lo hubiera mandado a la cárcel o algo así, lo entendería, pero no, nada de eso sucedió. No sé cuánto tiempo di vueltas en la cama, pensando en Kurganov, hasta que me dormí.

Lo siguiente que recuerdo es a los muchachos golpeando a la puerta esta mañana. Ahora el desayuno lo trajo Alain, café y donas.

—Ese Kurganov está loco —dice Junior luego de masticar su dona—. ¿Qué le hiciste a este hombre, Ainara?

—Fue apenas un caso más —explico mientras hago memoria—. Sucedió aquí mismo, en Washington D. C. Cuando estaba en Seguridad Nacional, recibimos pruebas de la CIA sobre fuga de información a países enemigos. Investigando, descubrimos que un espía ruso, que teóricamente se había cambiado de bando y trabajaba para nosotros, podía ser el responsable. Fuimos cerrando el cerco a su alrededor y descubriendo detalles de sus actividades. Kurganov se había infiltrado de alguna forma en el Capitolio y estaba extorsionando a varios senadores.

La idea era que votaran una ley para quitar impuestos a un determinado país, de modo que sus productos pudieran ingresar al mercado estadounidense. Este país de Europa Oriental, la antigua Unión Soviética, le estaba pagando fortunas a Kurganov para lograr este objetivo. En un momento dado, descubrimos su guarida a pocos minutos del mismísimo Capitolio. El descarado tenía allí una especie de oficina donde hacía sus negocios. Realizamos una redada, pero no lo encontramos. Alguien le avisó que iríamos y huyó. Tuvo que ser alguien de adentro de la agencia quien le avisó, porque se hizo todo muy rápido y ni siquiera la Policía, que colaboró en la redada, sabía a quién buscábamos.

Por desgracia, nunca hallamos al soplón. El tema es que no conocíamos el rostro de Kurganov porque se trata de un maestro del disfraz. Las fotos que teníamos de él parecían de personas distintas. Sin embargo, cuando estaba en la calle fuera de su guarida, con el cordón policial cerrando el lugar, vi a alguien entre la multitud de curiosos que me llamó la atención. Se parecía a una de las imágenes que teníamos de Kurganov, el cabello era distinto, pero usaba los mismos lentes de la foto. Cuando me vio, comenzó a alejarse, así que lo seguí. No avisé al resto de los agentes porque no estaba segura de que no fuera una pérdida de tiempo. A medida que me acercaba, el hombre aceleraba el paso, por lo que empecé a correr. Lo vi doblar en la esquina de un callejón. Al llegar, doblé yo también. Apenas me adentré en el callejón vi que el lugar estaba a oscuras. Observé que la única lamparilla del sitio había sido destrozada, probablemente lo había hecho él.

Entonces fue cuando sentí un fuerte golpe en la cabeza y caí al piso. Desde el suelo vi que se me acercaba y traté de sacar el arma. De una patada en la mano me la quitó y luego me tomó de los cabellos. Se acercó a mí y me dijo algo así como que gente más peligrosa que yo había intentado atraparlo y ahora estaban en una tumba. Como todos los habladores, se descuidó. Se me acercó demasiado y pude darle un codazo en la cara que lo tiró hacia la pared. Con una barrida lo arrojé al suelo y, antes de que pudiera reaccionar, saqué las esposas. Siempre las llevaba a las redadas, y se las puse en la muñeca izquierda. Lo esposé a un tubo que estaba junto a la pared. Cuando fui a agarrar el móvil para pedir refuerzos, me di cuenta de que no lo tenía, estaba hecho trizas en la calle. Vi que el hombre no podía moverse, así que no tuve más alternativa que ir a buscar a la policía yo misma. Cuando volví, solo dos minutos más tarde, Kurganov ya no estaba. Encontré las esposas abiertas en un charco de sangre. Nunca más supe de él.

—Suponiendo que el tipo te guarde rencor por... intentar atraparlo —dice Peter—. ¿Por qué reapareció ahora?

—No tengo idea —contesto con honestidad—. Este caso no tiene pies ni cabeza. Es un gran enredo con pistas que no nos llevan a ningún lado. O peor aún, pistas que cada vez nos alejan más del objetivo.

—O que nos conducen a trampas —agrega Junior.

—Tal vez se trate de eso, Junior —digo porque se me acaba de ocurrir algo—. Como tú dices, las pistas que hemos seguido siempre nos llevan a emboscadas. Tal vez no se trate de un soplón en el equipo, quizás nos están guiando para atraparnos.

—Eso tiene sentido —dice Peter—. No sé cómo lo hace, pero cada vez que creemos acercarnos, en realidad vamos directo a una trampa. Es como si nos enviara las pistas para atraparnos. ¿Y si Thornton trabaja con él? Después de todo, si no nos hubiera contratado, nada de esto hubiera pasado.

—No lo creo, Peter —le digo—. Kurganov nos persigue desde Texas y Thornton no había aparecido todavía. Además, Thornton podría haber intentado atraparme el primer día que me vio en la tienda.

—Como sea —dice Junior—, si es él quien nos manda las pistas, solo debemos esperar su próxima invitación.

—Si en serio crees eso —interviene Alain—, tal vez has acertado. Creo que esa invitación acaba de llegar.

No sé de qué está hablando Alain, pero me pasa su móvil para que vea algo. En él aparecen los *hashtags* más buscados en Instagram. El primero dice «#USAcaerahoy».

—¿Qué diablos es esto? —le pregunto.

—El primer *hashtag* no —contesta Alain—, mira el segundo.

Hago lo que me dice: «#APteveoenelCapitolio».

—Estoy cansada, Alain —le digo sin entender lo que me está mostrando—. Explícate de una vez.

—Las iniciales AP —dice—, Ainara Pons.

—Estás imaginando cosas —dice Peter—, esas letras pueden significar cualquier cosa.

—Sí, tal vez —responde Alain—, pero si puede dejar a oscuras seis estados solo para escribir el nombre de Ainara, no me parecería raro que se comunique de esta manera. El tipo está loco. ¿Cuántos apagones debería ocasionar para escribir algo así?

—Un momento —dice Junior—. Tú dijiste, Ainara, que cuando casi atrapas a Kurganov, él había apagado la luz del callejón.

—Sí —respondo sin saber qué importancia puede tener eso.

—Y ahora te manda un mensaje con apagones — continúa Junior—. ¿Entiendes?

No digo nada, me parece muy rebuscado hasta para el Titiritero.

—Además dijiste —interviene Alain— que el caso por el que lo perseguías estaba relacionado con el Capitolio, y ahora, ¿dónde te cita?

Los tres me miran. Esperan, supongo, mi opinión. Pienso si ese *hashtag* se refiere a mí o no, me parece una locura lo que está sucediendo. Lo que Alain y Junior plantean tiene sentido, todas las señales que envía Kurganov parecen estar relacionadas con lo que sucedió hace tantos años.

—Tal vez le arruinaste un gran negocio, Ainara — dice Peter—. El tipo pudo haber huido del país y ahora que volvió está queriendo vengarse.

Si alguien quisiera vengarse, simplemente me dispararía. Estoy por decir que no puede ser, que debe ser cualquier otra cosa, cuando de repente suena el teléfono. Es Andrew.

—Ainara —me dice—, han hackeado Instagram.

20

EL RETO DEL TITIRITERO

En el motel, Washington D. C.
Viernes, 23 de marzo, 8:45 a. m.

—¿Hablas de los *hashtags*? —le pregunto.

—Sí —responde Andrew, excitado, como si estuviera viendo una película que le gusta—. Las redes estallan. Nunca antes había pasado algo así. Hackearon Instagram y pusieron dos *hashtags* en los primeros lugares. Nadie sabe de qué se trata, pero el #USAcaerahoy es tomado como una amenaza terrorista.

—Parece que lo disfrutas, Andrew —dice Junior.

—Bueno —responde Andrew—, en cierto sentido lo hago. Me hubiera gustado hacerlo a mí, solo por diversión.

—Deja de masturbarte con los hackeos, Andrew —le digo cansada de tantas tonterías, quiero que vayamos al grano—. ¿Tú qué crees sobre los *hashtags*?

—Perdón, Ainara, me dejé llevar —se disculpa Andrew—. Creo que esto es parte de lo mismo. Hay ataques cibernéticos por todos lados, incluidos los apagones, por eso tiene que ser la misma organización, o sea, el Titiritero.

—¿Qué piensas del segundo *hashtag*? —insisto al ver que aún no se ha referido a eso.

—Como el primer *hashtag* es muy fuerte —me dice—, al segundo, por ser tan críptico, no se le ha prestado tanta atención, pero en las redes especulan con las cosas más extravagantes.

—Andrew —lo interrumpo—. ¿Tú qué piensas de AP?

—Creo que alguien te espera en el Capitolio —me dice.

—Crees entonces que es un mensaje para mí —confirmo.

—Sí, Ainara —responde—. Nadie sabe nada al respecto, las explicaciones que escuché son disparatadas. Luego de los apagones, lo único que puedo pensar es que te habla a ti.

Quería encontrar una respuesta más razonable. Tal vez algún político amenazado o algún caso de corrupción, cosas más normales. Pero no, el mensaje es para mí. Kurganov me está desafiando y, si quiero atraparlo, no puedo hacer otra cosa que asistir a la cita.

—¿No estarás pensando en aceptar el reto? —me pregunta Junior una vez que termino la comunicación con Andrew y me quedo pensativa.

—¿Qué otra cosa puedo hacer? —pregunto, pero

nadie contesta—. ¿Queremos huir y que el Titiritero derribe a nuestro país?

—Ainara —dice Alain—, como dijo Junior, esto es claramente una trampa.

—Vuelvo a preguntar —les digo—. ¿Vamos a pelear o a huir?

—No tengo dudas de lo que debemos hacer —responde Peter, que hoy ya no renguea—. Tenemos que ir al Capitolio. Lo que no sé es cómo hacerlo. Estamos hablando de entrar a un lugar que junto con la Casa Blanca y el Pentágono son los sitios más custodiados del país.

—No hay forma de entrar sin una autorización —dice Junior—. Y aun así, ni siquiera podríamos hacerlo con armas.

—¿En serio queremos ir a otra trampa? —insiste Alain.

—¿Cómo podrían hacernos una emboscada en el Capitolio? —se cuestiona Peter—. Si amenazan con que Estados Unidos caerá hoy y nos dicen que nos esperan en el Capitolio, creo que sería una cobardía no intentar detener lo que sea que vayan a hacer. ¿Tú qué crees, Ainara?

—Creo que debemos seguir adelante y sé cómo hacerlo —digo—. Tal vez consigamos una autorización.

CAPITOLIO, *Washington D. C.*
Viernes, 23 de marzo, 10:30 a. m.
El problema se solucionó más rápido de lo imagi-

nado. Solo necesité llamar a Thornton. Le expliqué lo sucedido y accedió a ayudarnos de inmediato. No le costó creer lo del *hashtag*, bastó con que le explicara lo de los apagones para que respondiera con una expresión que me resultó llamativa: «Típico de Kurganov». Es como si Thornton ya hubiera lidiado antes con el Titiritero. Por supuesto, lo hizo cuando trabajábamos juntos, pero me pareció que se refería a algo más. Debí preguntarle si había vuelto a enfrentarse a Kurganov, pero fue todo muy rápido y no atiné a hacerlo. Me dijo que organizaría las cosas y me volvería a llamar. Debido al *hashtag* USAcaerahoy, me dijo que todas las agencias estaban en alerta y él mismo había dado hacía minutos órdenes de reforzar la seguridad de las sedes gubernamentales de Washington D. C.

Alain puso en su ordenador varios noticieros. Por más que el Gobierno intentaba desmentir las versiones de ataques cibernéticos, la realidad saltaba a la vista. Muchas empresas cerraron sus puertas hoy por miedo a lo que pudiera pasar. Empezaron a haber manifestaciones en los estados que sufrieron los apagones, exigiéndole al Gobierno una explicación de lo sucedido. Todos hablan de los apagones en secuencia y de #USAcaerahoy. Esto puede salirse de control si los ataques no se detienen. Por eso creo que Thornton está más interesado que nadie en atrapar a Kurganov, su carrera está en juego.

A la media hora, recibí su respuesta.

—Está todo preparado, Ainara —me dijo Thornton—. Puedes ir con tu equipo ya mismo. Alguien de mi confianza, el agente Morrison, los estará esperando.

LLEGAMOS a los alrededores del Capitolio con algunos resquemores. La mayoría de nosotros seguíamos siendo fugitivos y estábamos por entrar a uno de los lugares con más fuerzas policiales del país. Además, sabemos que puede ser una trampa y ya no podemos diferenciar entre amigos y enemigos. Todo está dado para que las cosas salgan mal. Pero no hay alternativa. Hay que hacer lo que hay que hacer.

Thornton me dijo que Morrison nos esperaría en determinado lugar con una miniván negra, así podríamos acceder al *parking* del Capitolio que utilizan los congresistas. Al ver la miniván detenida en la calle, nos acercamos despacio y frenamos detrás de ella.

—Si ven algo raro —les digo a los muchachos mientras bajo del coche—, huyan.

Cierro la puerta sin darles tiempo a que me respondan. Ya habíamos hablado de que yo bajaría primero para tantear la situación. Sin importar que nos haya contratado Thornton, o que hasta el momento hubiera demostrado ser de confianza, no podemos ignorar que las emboscadas están a la orden del día y cualquiera podría traicionarnos.

Un hombre de traje gris y cabello cano baja de la camioneta. Se acerca y me tiende la mano.

—Señorita Pons —dice—, mi nombre es Jason Morrison.

Le estrecho la mano sin decir nada.

—Esta es su credencial —dice dándome una tarjeta con un prendedor para que la ponga en mi ropa. Leo en ella «Susan Roberts, Departamento de Defensa» y veo un código que indica nuestro cargo. Thornton me había dicho que pasaríamos por agentes—. Tengo aquí tres credenciales más para su equipo.

—Gracias —respondo y me acerco a la camioneta para revisar su interior. Solo está el conductor y nadie más. No hay mucho que verificar, debemos arriesgarnos.

—Deme las credenciales, por favor —le pido a Morrison.

—Ahora son agentes del Servicio Secreto, categoría tres —dice el hombre al entregármelas—. Por eso no es necesario que tengan su foto, y podrán moverse por el lugar con toda libertad.

—Perfecto —le digo mientras voy hacia el vehículo. Estas credenciales son de alto rango, realmente Thornton se está jugando con esto.

Me asomo por la ventanilla del conductor y le doy una credencial a Junior.

—Tú te quedas aquí, esperando —le digo—. Si algún policía te molesta, le muestras esto, deberían dejarte tranquilo. Los demás, ya es hora, vamos.

Peter y Alain bajan del coche, les doy las credenciales y vamos a la camioneta. Morrison los saluda con un movimiento de cabeza y los muchachos le responden de la misma manera mientras subimos a la parte trasera. El vehículo arranca y vamos hacia el aparcamiento. Con Peter nos miramos y creo entender sus pensamientos. Asiento con la cabeza, estamos entrando a la boca del lobo.

Una vez aparcados, dejamos la camioneta y caminamos hacia la entrada con Morrison y el otro hombre que manejaba el vehículo, también de traje gris y lentes oscuros.

—Creemos que habrá un ataque al Capitolio hoy —le digo a Morrison mientras caminamos a su lado.

—«USA caerá hoy» —me dice y le hace una seña a otros seis hombres de traje gris que nos esperan en la puerta—. Yo iré con ustedes y ayudaré en lo que necesiten. Estos hombres están también a su disposición.

—Bien —respondo mirando a los seis agentes que caminan detrás de nosotros—. No sabemos de lo que se trata, puede ser algún tipo de artefacto explosivo, así que debemos revisar todo.

La gente de seguridad del Capitolio nos detiene al ingresar. Morrison se adelanta como el hombre de mayor rango y escanean con un pequeño dispositivo su credencial.

—Ellos vienen conmigo —dice Morrison—, estamos apurados.

Los guardias se apartan y pasamos sin que verifiquen nuestra identidad. Entramos y vamos viendo habitación por habitación. Los empleados del lugar nos miran asustados, no entienden qué sucede.

—Convendría desalojar el edificio —le digo a Morrison, que viene detrás de mí observando lo que hacemos y dándoles indicaciones a sus hombres para que hagan lo mismo. A más de una persona le han pedido las credenciales para verificar su identidad.

—No podemos —me responde—. Si damos la alerta y vaciamos el sitio, el enemigo ya habrá ganado. Recibimos amenazas de bomba varias veces al año, el público no debe enterarse, de lo contrario, vivirían en pánico. Si llegamos a comprobar una amenaza real, tenemos afuera preparado un equipo de «control de plagas»: las cucarachas son siempre un buen pretexto para entrar a desarmar una bomba sin que nadie sospeche.

—Tienen todo calculado —le digo sonriendo.

—Si hay que hacerlo más rápido —continúa—, siempre está el recurso del simulacro de incendio.

Ya casi me había olvidado de estas cosas. En mi época en Defensa, debí apagar algunos incendios también. Uno está tan metido en esto que no se da cuenta de que los ciudadanos comunes viven en la completa ignorancia de lo que sucede. Al menos hasta que aparece un Titiritero moviendo, con sus hilos, todas las estructuras. Aun así, independientemente de lo que suceda, el Gobierno encontrará la explicación adecuada para mantener al público tranquilo.

Revisamos escritorios y muebles. Sobre todo las áreas de servicio, que es donde personas o artefactos desconocidos podrían pasar desapercibidos. Entramos ahora al ala norte, la idea es revisar primero la cámara del Senado, que en este momento está vacía. Cuando ingresamos a la sala, veo una docena de hombres dispersos. Ellos nos miran. Los reconozco.

—Alto, FBI —grita el mismo con el que me vengo encontrando desde Texas. Ellos sacan sus armas. Nosotros, con Morrison y sus hombres, sacamos las nuestras.

21

JURISDICCIÓN EN DISPUTA

CAPITOLIO, Washington D. C.
Viernes, 23 de marzo, 11:15 a. m.

—AQUÍ NO TIENE JURISDICCIÓN, agente —dice Morrison con tranquilidad—. Así que baje su arma despacio, muéstreme su placa y, si todo está en orden, tomaré esto como una confusión y los dejaré ir sin problemas.

—Como le dije antes —responde el agente sin intención de deponer su actitud—, bajen sus armas, entréguenos a esa mujer, que es una peligrosa criminal, muéstreme su credencial, y si está todo en orden, no lo arrestaré a usted.

—Creo que no ha entendido —dice Morrison, esta vez con más firmeza—. Usted no tiene ninguna autoridad aquí. Bajen sus armas de inmediato o los arrestados serán ustedes. Esto ya fue suficiente.

—Soy el agente Barret del FBI —insiste el hombre y

el ambiente se pone aún más tenso—, tengo una autorización firmada por el presidente de la Cámara del Senado para ingresar a este lugar con mis hombres y arrestar a delincuentes infiltrados. Así que el que manda aquí soy yo.

—Yo soy el comandante Jason Morrison. —Esta vez se ve en Morrison un alto grado de irritación—. Soy jefe de la oficina del servicio secreto del Departamento de Defensa Nacional. Así que, como puede apreciar, mi título es más largo que el suyo. El que está a cargo soy yo. Baje el arma ya mismo si no quiere terminar dirigiendo el tránsito.

Dudo que se refiriera al título cuando Morrison dijo que lo tenía más largo. Esto ya parece más una pelea de machos en un bar que otra cosa. El problema es que estos machos tienen un gran poder de fuego y podemos terminar todos muertos. Ninguno de los dos dice nada más. Creo que ambos se han dado cuenta de que no tiene sentido negociar. Alguno de los dos cede, o esto termina en una balacera. Creo que ninguno va a ceder. Miro de reojo la salida y luego a mis compañeros, que están junto a mí. Ellos también me observan y entienden mis pensamientos. En cuanto uno apriete el gatillo, los demás también lo haremos y habría que empezar a correr hacia esa puerta. Esta vez no sé si podré evitar disparar como en las veces anteriores, serán ellos o nosotros.

Veo que un agente del FBI, un hombre musculoso y calvo, mueve lentamente su arma, dejando de apuntar a uno de nuestros hombres. Creo que esa pistola, que se mueve tan despacio, se detendrá cuando llegue a mí. Si hace eso, deberé disparar. Que se detenga, por favor. El arma viene, viene y...

Se corta la luz y suena una alarma. Me agacho y escucho un tiro que me pasa cerca. Devuelvo el fuego mientras los disparos comienzan a cruzarse en la oscuridad.

—Vamos —digo y comienzo a caminar agachada hacia la salida. No veo a Alain y Peter, pero los rozo con el cuerpo porque estaban cerca de mí. Sé que me entendieron y están haciendo lo mismo que yo, escapar. Los disparos siguen y llegamos a la puerta, cuando se enciende una luz de emergencia roja.

—Por allá —grita el agente Barret, que acaba de vernos. Los disparos impactan a mi lado, pero logramos salir. Vemos venir por el amplio corredor a un grupo de hombres con linternas. No sabemos quiénes son, así que empezamos a huir en dirección contraria. Ellos también nos disparan.

—¡Mierda! —grita Alain.

—¿Qué sucede? —pregunto y detengo mi carrera.

—Nada, vamos —dice Alain retomando el andar—. Corran.

Escucho una voz detrás de nuestros perseguidores.

—Deténganse —pide Morrison, intentando frenarlos—. Bajen sus armas, están arrestados.

Se oyen dos disparos y luego se hace silencio. Detengo mi carrera para mirar lo que sucede. Con la luz roja de emergencia apenas se distinguen las personas, pero veo que quienes nos perseguían están con las manos en alto. Otro grupo de hombres armados que acaban de llegar les apuntan a los anteriores y Morrison camina hacia nosotros.

—¿Qué diablos fue todo esto, señorita Pons? —me pregunta—. ¿Son realmente estos hombres agentes del FBI?

—Supongo que lo son —respondo—, pero trabajan para alguien más. ¿Qué sucedió ahí dentro?

—En cuanto salieron —explica Morrison—, los supuestos agentes depusieron sus armas. Hubo algunos heridos de ambos bandos, pero me parece que ninguno de gravedad. Solo uno de ellos recibió un tiro en el pecho y no sé la gravedad del caso, ya llamamos a los paramédicos. Creo que vieron que nada podían hacer y confiaban en que aquel grupo que tenían de refuerzo afuera podría atraparte, por eso se rindieron.

—¿Atraparla? —dice Peter acercándose a Morrison —. Ningún agente del FBI dispararía en la oscuridad si no fuera para devolver el fuego.

—¿Qué quieres decir? —le pregunto a Peter sin alcanzar a comprender.

—Que la idea no era atraparte —responde mirándome fijo y tomándome de los hombros—, sino asesinarte en esa sala. Todo fue una enorme trampa. Te hicieron venir al Capitolio para hacer creer que eras una terrorista: «USA caerá hoy». Te culparían del apagón y vaya a saber de cuántas cosas más.

Uno de los hombres de Morrison se acerca.

—Mire, jefe —le dice a Morrison mostrando un pequeño dispositivo de comunicación—. Alguien les daba instrucciones y monitoreaba lo que estaba pasando adentro. Esto no tiene gran alcance, así que quien estuviera dando las órdenes, se encontraba en el Capitolio.

Los miro a los muchachos, sorprendida.

—El Titiritero se encuentra aquí —dice Alain.

—Lo dudo —contesto—, ya debe haber escapado.

—¿El qué? —pregunta Morrison—. Díganme cómo es que lo buscamos.

—Nadie conoce su rostro —digo frunciendo los labios—, no hay forma de identificarlo.

—¿Barret usaba esto? —le pregunta Morrison a su agente.

—No —contesta el agente—, lo llevaba el hombre calvo que está gravemente herido. Encontré el auricular cuando traté de asistirlo.

—Ese es el que disparó primero —le explico a Morrison—. Lo vi mover su arma hacia mí justo antes de que se corte la luz. Quien recibía las órdenes desde afuera era él.

—Entiendo —contesta Morrison pensativo—. Es probable que alguien al otro lado del intercomunicador no solo le dijo que te dispare, sino que hizo cortar la luz para cubrirlo.

—Recuerda lo de hace años, Ainara —dice Peter—. El tipo cortó la luz para atraparte y luego intentó asesinarte a pocas cuadras de aquí. Este loco está queriendo terminar lo que no pudo hacer en su momento.

—¿A qué loco se refiere? ¿Quién es el Titiritero? —pregunta Morrison.

—Eso debe preguntárselo a Thornton —le digo, no sé cuánta confianza tiene el secretario de Defensa con este hombre—, él está al tanto de todo.

—Otra vez te le has escapado, Ainara —me dice Peter—. No creo que intente otra cosa más aquí, al menos no por hoy.

—Es posible —digo—, así que si todo se debió a esto, ya no tenemos nada que hacer aquí. Supongo que interrogará a Barret y a sus hombres, Morrison. Dieron un paso del que no se puede volver atrás.

—No lo dude, Ainara —le contesta él—, ahora llegaremos al que se encuentra detrás de esto. Pero debo aclarar algo con Thornton primero, me debió dar toda la información que tenía.

—Entonces, es mejor que nos vayamos —digo y miro a los muchachos. Recién ahora advierto que Alain sangra profusamente de un brazo—. ¡Alain!

Me acerco a él y lo intento revisar.

—Ya llegan los médicos —le dice Morrison—. Lo verán a usted también.

—No es nada —responde Alain—, la bala me atravesó el brazo limpiamente. Solo debo desinfectar y vendar. Mejor salgamos de aquí, Ainara. Esto pronto estará lleno de gente. No queremos más testigos de nuestra presencia.

De repente, las luces se encienden y lo veo a Morrison asentir con la cabeza.

—Tal vez sea mejor así —dice—. Los acompaño a la salida para que no tengan que dar explicaciones.

—Gracias —contesto y comenzamos a avanzar por el corredor. Todavía me cuesta creer que Kurganov hizo todo esto solo para vengarse porque le arruiné un negocio. Algo más debe haber que no estoy viendo.

Cuando pasamos junto a los hombres que acaban de

arrestar, los miro como buscando a alguien conocido. Pero no a cualquier conocido, al mismo personaje conocido que vi hace años entre los curiosos, el mismo personaje que perseguí y se me escapó. Si no me hubiera confiado en ese entonces, hoy no pasaría por todo esto.

Es una tontería, me digo a mí misma. Kurganov no sería tan estúpido como para dejarse atrapar. Creo que a cada persona que me cruce de ahora en adelante la veré como un posible Titiritero. Ha logrado meterse en mi cabeza.

22

LA HORA DE LAS DEFINICIONES

MOTEL, Washington D. C.
Viernes, 23 de marzo, 4:30 p. m.

SALIMOS del Capitolio del mismo modo en el que entramos. La camioneta negra nos sacó del aparcamiento y nos trasladó hasta donde nos esperaba Junior. En esta oportunidad solo nos llevó el chofer, Morrison permaneció en el interior, tiene mucho que hablar con los agentes del FBI, o incluso con Thornton. Se mostró sorprendido con que su jefe le haya ocultado información. Es un dato importante. ¿Qué puede significar? Aún no lo sé, pero donde hay ocultamiento, siempre hay algo oscuro.

Una vez en el motel, Peter se ocupó de revisar y curar la herida de Alain. Como lo había dicho él mismo, la bala le atravesó el brazo. No sangró tanto como podría esperarse, Bennett cree que la bala no tocó ninguna vena ni arteria importantes, y que cauterizó la herida a su paso. Peter le inyectó un antibiótico fuerte para evitar infecciones y le vendó el brazo. Luego se lo inmovilizó en un cabestrillo improvisado con una de camisa. Listo, trabajo terminado.

Para cuando acabamos de comer las *pizzas* que fue a buscar Junior, llegó el momento de hablar con el resto del equipo. Freddy está en camino hacia aquí con Smith, así que solo podemos hablar con Andrew y Kim.

—Fue de nuevo una trampa —les explico en la videoconferencia luego de relatar con lujo de detalles todo lo acontecido—. Sabíamos que lo sería, pero aun así esperábamos poder descubrir algo.

—Pero no descubrieron nada —dice Andrew molesto —, se pusieron en riesgo por nada.

—Yo no estoy tan seguro —interviene Peter—. El Capitolio, el corte de luz, el intento de asesinar a Ainara, todo concuerda con lo sucedido entre Kurganov y ella hace años. El Titiritero quiso recrear el evento y darle un final distinto, pero no sucedió. Otra vez Ainara ganó la partida y Kurganov escapó.

—O sea, Peter —dice Andrew—, que estás seguro de que se trata de una venganza.

—Sí —confirma Peter—, todo cuadra.

—Puede ser que la venganza sea parte de la ecuación —digo, dudando de que sea solo eso—. Sin embargo, fue mucho montaje para algo tan básico como la venganza. Debe haber algo más.

—Yo creo —dice Junior— que esa venganza podía manifestarse de dos maneras. Una inculpándote de un ataque al Capitolio, ya que no creo que esperara que entraras legalmente. Lo más probable es que pensara que te meterías vaya a saber cómo, por lo que los del FBI te atraparían infraganti. Que estuviéramos respaldados por el Departamento de Defensa es algo que los tomó por sorpresa. La otra forma de venganza sería la que dijo Peter, matarte recreando el incidente de hace años.

—Lo bueno es que ninguna de las dos opciones se concretó —dice Andrew—. Estoy revisando las redes y ya están comenzando los rumores de un atentado al Capitolio. Un congresista está ahora en televisión pidiendo explicaciones. Todos hablan de disparos. Hasta ahora habían sido ataques virtuales y el Gobierno había intentado desacreditarlos, la respuesta que venían dando era que un grupo de *nerds* estaba haciendo travesuras. Si bien los dejaba en ridículo, intentaban que no cunda el pánico. Sin embargo, los disparos en el Capitolio llevaron la situación a otro nivel. La seguridad en Washington D. C. se pondrá más rigurosa. Ten cuidado, Ainara.

Andrew tiene razón. Alain me había estado manteniendo al tanto de las noticias, y si bien la gente comenzaba a preocuparse, las excusas del Gobierno habían logrado mantener la situación bajo control, al menos hasta el momento. Veremos qué sucede ahora

—Yo tengo algo —dice Kim de repente. Hasta el momento había permanecido en silencio y, pero había estado observando y analizando todo. Tal vez ahora aporte una nueva perspectiva—. Cuando dijeron que irían al Capitolio, yo también me pregunté por qué allí. Así que investigué un poco y hallé algo que podría ser solo una coincidencia, pero que me llamó mucho la atención.

—¿De qué se trata, Kim? —le pregunto. Tal vez haya encontrado algo que nos guíe en nuestro próximo paso.

—Como digo, podría ser solo una coincidencia —repite Kim como disculpándose de antemano—. Pero buscando en la historia del Capitolio, descubrí que el primer arquitecto que lo construyó se llamaba William Thornton.

Nos miramos los cuatro que estamos en mi habitación. No sé si esto puede significar algo, pero sin duda es una casualidad extraña. Lo veo a Alain con su mano buena revisar el móvil con rapidez. Luego levanta la cabeza y me mira.

—Es verdad —me dice mostrándome su búsqueda en Wikipedia—, el arquitecto se llamaba William Thornton.

—Puede ser otro de los acertijos del Titiritero —dice Junior—. ¿Qué significa?

—Bueno —contesta Andrew—, es claro que está señalando al secretario de Defensa, pero no entiendo qué nos quiere decir.

—Nos guio a una trampa —dice Peter—, a un lugar que construyó Thornton. Tal vez nos está diciendo que Thornton es un traidor.

—Podría ser —añade Alain—, pero sus hombres nos salvaron la vida. Tal vez quiere confundirnos para dividirnos. ¿No es lo que ha estado haciendo?

—¿A qué te refieres? —pregunta Andrew.

—A nada —intervengo para cambiar el rumbo de la charla. Alain, sin querer, ha deslizado que Kurganov ya intentó dividirnos. No quiero que Andrew y Kim sepan aún lo que nos dijo Carlisky, todavía no sé si tenemos un soplón en el equipo o no. Quizás sea el momento de probar a Andrew—. Hemos especulado con tantas hipótesis que ya no sabemos qué pensar. Estamos varados y necesitamos ayuda.

—¿Qué quieres que hagamos, Ainara? —me pregunta Andrew.

—Quiero que vengan aquí —les digo—. Con Alain herido y, como tú dijiste, con las fuerzas de seguridad recorriendo las calles de Washington, necesitaremos ayuda. No hay nada que hagan allá que no puedan hacer aquí. Todos juntos tendremos más oportunidades de encontrar al Titiritero.

—Bien, Ainara —responde Andrew enseguida—. Tomaremos el primer ómnibus que encontremos.

—Pronto estaremos allí —comenta Kim—.

Es momento de reunirnos y buscar una salida juntos o, al menos, comprobar que todos estamos en el mismo bando.

Les envío nuestra dirección, la que hasta el momento habíamos mantenido en secreto, no queríamos recibir visitas inesperadas.

Cortamos la comunicación y los muchachos me miran.

—Es hora de definiciones —dice Alain—. ¿Verdad?

—Sí —respondo—, sería mejor estar preparados.

23

¿POR QUÉ QUIEREN MATARME?

Motel, Washington D. C.
  Viernes, 23 de marzo, 8:20 p. m.

UNA DECENA de hombres vestidos con trajes militares suben por la escalera del motel. Llegan al primer piso y avanzan por el corredor. Caminan despacio. Con sus rifles apuntan hacia adelante, observando todo con sus lentes infrarrojos. Las luces láser de sus miras se entrecruzan y se mueven como bichos de luz inquietos contra paredes, puertas y ventanas. Alguien abre una puerta, es un hombre que pretende salir de su habitación. De inmediato, dos de los paramilitares se abalanzan sobre él. Uno de ellos saca un cuchillo y le corta el cuello, mientras que el otro lo sostiene. Un tercer hombre armado entra a la habitación y la revisa, no hay nadie. Los otros dos cargan al hombre que sangra sin parar, mientras da las últimas sacudidas antes de que su vida se extinga. Lo dejan adentro, salen y cierran la puerta. Todo esto en el más profundo silencio y en cuestión de segundos. Se nota que son profesionales acostumbrados a hacer este tipo de cosas.

El resto de la brigada esperó a que esos tres terminaran para retomar el paso. Avanzan de nuevo hasta la habitación dieciséis, que Ainara rentó con un nombre falso. Se detienen. Cuatro a cada lado de la puerta y dos justo enfrente. Algunos están de pie y otros con una rodilla en el suelo. Uno de ellos hace una seña y los dos que están frente a la puerta se mueven rápido. Sacan, de alguna clase de mochila que lleva uno en la espalda, un cilindro metálico. Mientras uno despliega una especie de manijas, el otro tira del objeto que se extiende. Es un ariete y ya está preparado. Miran al hombre que dio la señal anteriormente y esperan. Entonces, el que de seguro es el jefe del grupo señala a otro de los hombres. Este, que apunta hacia la ventana, aprieta el gatillo y el disparo destruye la bombilla que estaba encendida dentro de la habitación. Esta es la señal que los dos del ariete esperaban y se lanzan con el artefacto contra la puerta. La cerradura vuela y la puerta quebrada se abre de par en par. Cuando los del ariete dan un paso atrás, el resto de los paramilitares entran corriendo en la habitación y disparan en todas direcciones. Los dos que quedan afuera arrojan el ariete y apuntan con sus armas hacia la puerta abierta.

—Es HORA, Junior —le digo a mi compañero, que sostiene un interruptor en la mano.

Él asiente con la cabeza y vuelvo a mirar por la ventana lo que sucede justo enfrente. En la otra edificación del hotel, al otro lado de la piscina, la que era nuestra habitación invadida por los paramilitares estalla. Los cristales de la ventana explotan. El humo y las llamaradas invaden el corredor. La onda expansiva arroja al suelo a los dos que estaban afuera.

—Creo que se me fue la mano —dice Alain al ver que el dispositivo explosivo que instaló en aquella habitación resultó más fuerte de lo esperado.

Uno de los hombres se levanta aturdido. Peter, que observa la escena por la mira telescópica de su rifle, le dispara, tumbándolo en el primer intento.

—Vamos —digo. Con Peter y Junior nos levantamos de nuestras posiciones. Habíamos estado agazapados en la nueva habitación con la luz apagada, observando todo —. ¿Puedes?

Lo miro a Alain, que con el brazo inmovilizado sostiene otro rifle para cubrirnos.

—Puedo hasta sin manos —dice Alain y meneo la cabeza. No tenemos tiempo para bromas, pero con Alain siempre es así, es el más joven del equipo.

Salimos corriendo. Bajamos nuestra escalera, pasamos junto a la piscina y subimos por la escalera del otro cuerpo. Luces comienzan a aparecer en todas las ventanas y algunos huéspedes se asoman. Al vernos con armas, algunos vuelven a encerrarse en sus habitaciones y otros salen corriendo apenas pasamos. Se escuchan las alarmas de varios coches, acompañadas por murmullos y gritos. Cuando llegamos a la puerta de la habitación, que se está incendiando, veo que el otro hombre que estaba en el corredor comienza a levantarse. Le pongo un pie en el pecho, lo aprieto contra el suelo y le apunto a la cara con mi arma.

—Dime todo lo que sabes —le ordeno, apurándolo.

—No sé nada —me dice y le golpeo la cara con el arma, no tengo tiempo para estupideces.

—Todo tu equipo ha muerto —le digo mientras señalo la habitación incendiada—. Si me respondes correctamente, tal vez no los acompañes.

El hombre mira de reojo la habitación en llamas y al otro hombre muerto a su lado por el disparo de Peter. Luego me vuelve a mirar a mí. Mientras tanto, la gente que se había ocultado empieza a salir de sus habitaciones para huir. No solo las armas y la explosión los ha espantado, sino que el humo y el olor a quemado son cada vez más fuertes.

—¿Por qué quieren matarme? —le pregunto.

—Solo sé que el Titiritero te odia —me responde—, pero yo nunca lo vi en persona, esto me lo contó mi jefe.

Luego de decir eso, vuelve a mirar la habitación destruida. Su jefe quedó allí dentro, era el que daba las instrucciones y el que hubiera podido darme más información.

—¿Qué más te contó? —le pregunto, tratando de obtener lo más posible—. ¿Por qué me odia el Titiritero?

—No lo sé —me responde—, pero alguna vez dijo que le debías algo.

—¿Que le debo algo? —pregunto sorprendida, no me esperaba esa respuesta—. Yo no le debo nada a ese idiota. Dime qué más sabes. ¿Dónde lo puedo encontrar?

—Eso no lo sabe nadie —dice el hombre y le creo, no tiene por qué mentirme.

Entonces, le aprieto la frente con el cañón de mi Magnum. Una explosión en la habitación de al lado nos sobresalta a todos. Comienza a salir humo por debajo de la puerta de ese cuarto.

—No sé dónde está —continúa el hombre. No sé si lo dice porque teme a mi arma o al incendio—, pero sé lo que hará.

—¿A qué te refieres? —pregunto en el momento que Junior se me acerca.

—Debemos irnos —me dice señalando a las habitaciones. El fuego está avanzando y comienza a extenderse por el techo del corredor sobre nuestras cabezas.

—¡Habla rápido! —le grito al hombre que sigue en el suelo bajo mi pie y mi Magnum— Morirás quemado si no lo haces.

—No sé cuándo ni dónde —dice agitado—, pero en el próximo apagón robará un arma especial, algo de última tecnología que el Gobierno está probando.

—Con eso no alcanza —lo presiono—, dame algo más.

—No sé más —contesta—, lo juro.

—Vámonos ya —insiste Junior cuando empiezan a escucharse sirenas.

Levanto mi arma y retiro mi pie. Miro a Peter, quien estuvo todo el tiempo parado en el corredor con su ametralladora, ahuyentando a los curiosos. Él asiente con la cabeza y se para junto al hombre que está en el suelo.

148

—Has resultado ileso —dice—, podrás ponerte de pie y huir en cuanto nos vayamos.

—No, por favor —responde el hombre desde el suelo, quien teme lo peor—, hice lo que me pidieron.

Peter dispara una ráfaga de su ametralladora, hiriéndole las ambas piernas.

—No puedo dejar a un asesino como tú suelto —le digo al hombre mientras se retuerce en el suelo—. No te muevas y aprieta tus heridas para no desangrarte. La policía te llevará al hospital.

Le doy la espalda y empezamos a caminar. El humo nos rodea y con Peter seguimos a Junior, que ya se adelantó. La policía está por llegar, espero que los bomberos también. Ya no hay nada más que hacer aquí.

24

EL ATAQUE INESPERADO

MOTEL, Washington D. C.
  Viernes, 23 de marzo, 11:10 p. m.

ANDREW Y KIM llegan en taxi hasta el motel. Vinieron directamente desde la terminal de buses. Consiguieron pasaje para el primer transporte que salía de Nueva York hacia Washington D. C. El bus llegó bastante rápido. Cada uno lleva una mochila. La de Andrew tiene su ordenador portátil, algunos dispositivos electrónicos y una muda de ropa. Kim también trae la suya, pero en lugar de un ordenador trae su arma y municiones. Según lo que le había dicho Ainara, debía estar preparada para disparar.

Bajan del coche y se quedan inmóviles mirando la escena. Están asombrados, no esperaban esto. Olor a quemado, bomberos arrojando escombros hacia abajo desde el primer piso. Un cordón policial les cierra el paso. No saben si preguntar o no. Hay una ambulancia retirando cuerpos en bolsas.

—¿Crees que les haya pasado algo? —pregunta Kim notoriamente nerviosa. Se muerde los labios como haciendo fuerza para contener una lágrima que está a punto de salir—. Si aquella era su habitación, no pueden estar bien.

Andrew no le contesta nada. Saca su teléfono para llamar a Ainara y en ese momento siente que alguien le toca el hombro. Se dan vuelta y encuentran a Junior.

—Estamos bien —dice Junior para tranquilizarlos—. Vengan conmigo.

Andrew suspira y Kim traga saliva. Junior los guía hasta el coche, estacionado a dos minutos de allí. Hacen el recorrido en silencio. Una vez dentro, Kim se sienta adelante y Andrew atrás, mientras que Junior se ubica al volante. Recién entonces Junior les cuenta lo sucedido, cómo prepararon la habitación para recibir el ataque y contrarrestarlo.

—¿Cómo sabían que los atacarían? —pregunta Kim preocupada.

—No lo sabíamos —responde Junior mientras piensa cómo explicarlo. No puede decir que sospechan de Andrew, que le dieron la dirección para ver si llegaba al enemigo, y así sucedió—. Pero si ya había pasado en el motel anterior, era muy probable que pasara aquí también. Supongo que tuvimos suerte de suponer lo peor en el momento indicado.

OTRO MOTEL, *Washington D. C.*
Viernes, 23 de marzo, 11:40 p. m.

Veo por la ventana que Junior aparca su coche. Bajan los tres y caminan hacia la escalera. Estamos en un motel a tres kilómetros del anterior. Por suerte, Washington D. C. tiene muchos moteles, si no ya no tendríamos a dónde ir. Nos registramos con Junior como señor y señora Timerman. Por eso es que utilizamos moteles, no es necesario presentar identificación si se paga en efectivo por adelantado. Peter y Alain consiguieron la habitación contigua a la nuestra. Ahora estamos los tres en mi cuarto mientras el resto del equipo se acerca. Peter les abre la puerta y entran. Luego de saludarnos, Andrew comienza a hacer preguntas.

—Díganme qué dijo ese tipo exactamente —pide Andrew mientras saca su portátil de la mochila. Junior le había contado también del paramilitar al que interrogaron.

—Dijo que en el próximo apagón —le cuento—, el Titiritero robará un arma especial, algo de última tecnología que está probando el Gobierno.

—Bien —dice Andrew mientras comienza a teclear —. Debemos encontrar dónde prueba el Gobierno nueva tecnología armamentista.

—No creo que digan algo así de forma abierta —dice Alain.

—Eso no importa —responde Andrew—, la información siempre está allí, aunque no se vea a simple vista.

—Sabemos que lo harán en el próximo apagón —dice Peter—. Es probable entonces que los apagones anteriores no hayan sido solo para mandarte un mensaje.

152

Quizás fueron para cubrir lo que sucederá pronto. Es como el cuento del lobo, mienten tantas veces con respecto a que el lobo ataca que, cuando por fin sucede, nadie lo cree. Nadie estará esperando un ataque a un edificio del Gobierno cuando se corte la luz.

—Si es por eso, lo siguen haciendo —dice Alain, que maneja el móvil con su mano buena—. Acaban de ocurrir cuatro apagones, Oregón, Nebraska, Misuri y Arkansas.

—Revisen si hubo algún ataque en esos estados —digo—. Tal vez el robo ya sucedió.

—Es posible —dice Andrew—. En esos estados hay algunos sitios donde podría haber armas experimentales. Revisaré esos lugares primero para ver si pasó algo.

—Los demás —prosigo— pensemos si hay algún mensaje oculto en los apagones.

—Todos sucedieron al mismo tiempo —aclara Alain —, así que si se trata de un anagrama, no la tenemos tan fácil.

—Son solo cuatro estados —interviene Junior—, cuatro letras. No puede haber muchas combinaciones posibles.

—Noma —comienza a enumerar Peter—, noma, mona, mano, noam, moan, maon, naom, Omán, Amón, anom y onam. No hay más.

Todos miramos a Peter, sorprendidos.

—Me gustan los crucigramas —explica.

—Okey —continúa Junior—. Había algunas palabras que significaban algo. Mona, mano, Omán es un país en Medio Oriente. ¿Qué más?

—Amón es un dios egipcio adorado en Tebas —

explica Peter—. Cuando se unió todo Egipto, se fusionó con Ra, el dios del sol, y se llamó Amón Ra.

Volvemos a mirar a Peter sin comprender de dónde saca esa información.

—Ya les expliqué —dice Peter—, hago muchos crucigramas.

—Omán —digo mientras hago memoria—. Cuando perseguíamos a Kurganov, estaba vendiendo secretos a terroristas de Medio Oriente. Estos terroristas habían huido a Omán y se ocultaban allí. Puede tratarse de eso.

—Seguimos con el tema de la venganza —dice Alain —. El tipo de hoy dijo que le debías algo al Titiritero. Quizás le hiciste perder mucho dinero en sus negocios con Omán. Te debe estar explicando por qué te persigue.

—Con este loco, todo es posible —digo mientras observo a Kim—. ¿Tú qué opinas, Kim?

—He pensado mucho en esto, Ainara —me responde con determinación—. He encontrado algo importante sobre Thornton que necesitamos discutir.

—¿Qué has averiguado? —le pregunto, con interés.

—Luego de lo que hablamos sobre Thornton y las acusaciones de Kurganov de que él es un traidor, me puse a investigarlo a fondo —explica Kim—. Descubrí irregularidades en sus bienes. No tiene grandes cosas a su nombre, pero sus familiares poseen muchas propiedades que no pueden justificar. Creo que podrían ser sus testaferros.

—¿Parece que has descubierto algo significativo? —le digo—. ¿Crees que esto confirma que es un traidor?

—No estoy segura, pero es nuestra mejor pista hasta ahora —responde Kim con convicción—. Sobre Kurganov, nadie sabe nada, y Thornton es el único nombre sólido que tenemos. Necesitamos seguir investigándolo.

—Buen trabajo, Kim —le digo, sintiendo que hemos avanzado—. Con esta información podemos empezar a armar el rompecabezas. Ahora que estamos todos aquí, de seguro deberás usar tu arma.

UNA SITUACIÓN INSOSTENIBLE

MOTEL, Washington D. C.
Sábado, 24 de marzo, 10:00 a. m.

ESTA MAÑANA el presidente de Estados Unidos habló ante la prensa. Insistió en que los apagones fueron hackeos realizados por *nerds* aventureros y que todo estaba bajo control. La intención fue tranquilizar a la ciudadanía, sin embargo, les salió mal. La gente parece no haberle creído al presidente y salió en masa a comprar provisiones. Los supermercados se vieron abarrotados y hasta se registraron saqueos. No sé si la intención del Titiritero es causar el caos, pero lo está consiguiendo.

—Hola, Ainara —me saluda Freddy por el teléfono mientras vemos las noticias por televisión.

Andrew me dijo anoche que Freddy había llegado a Washington D. C. unas horas antes que ellos. Así que esta mañana fuimos a comprar dos móviles que nadie pudiera rastrear. Le mandé un mensaje para que tuviera mi nuevo número y me acaba de llamar—. Estamos en el Capitolio desde hace cuarenta minutos. Los agentes del FBI arrestados dijeron que estaban tras de ti y que tenían informes de que realizarías un atentado. Esta información llegó de inmediato a Smith y por eso vinimos.

—Supuse que habrían ido al Capitolio ayer mismo —digo mientras me levanto de la silla y salgo al corredor. Kim pasó la noche conmigo. Ella está en el baño ahora, pero prefiero hablar con Tanaka a solas.

—No, si bien vinimos ayer —me explica—. Smith no había conseguido aún la autorización. No es fácil entrar aquí.

—Los otros agentes entraron sin problemas —le digo para ver qué sabe de eso.

—Exacto —responde Freddy—. Eso es lo que estamos investigando, quién les dio permiso para ingresar y por qué. Si esta unidad es independiente y no notifica sus planes a las autoridades, no pudieron gestionar la autorización de manera oficial, eso hubiera quedado en los registros. Ayer revisamos desde Nueva York y no hay documentos sobre esta misión.

—Por lo cual… —digo esperando una explicación.

—Por lo cual —continúa Freddy mi frase— la autorización se gestionó con alguna autoridad del Capitolio. El congresista que lo permitió tiene que trabajar para el Titiritero.

—Ellos dijeron —le cuento— que los había autorizado el presidente de la Cámara del Senado.

—Eso nos dijo la gente del Departamento de Defensa —responde Freddy—. Estamos esperando a

Morrison, quien fue el jefe del operativo que los arrestó, para que nos dé los detalles. Smith ya está gestionando una entrevista con el presidente del Senado, pero quiere ir con cuidado, no puede dar ni un paso en falso.

—No solo querían atraparnos —agrego—, uno de ellos quiso matarme. Él fue quien inició el tiroteo, creo que terminó herido. Tal vez puedan investigarlo a él también. Era un agente calvo.

—Así lo haré —contesta Tanaka—. Puede que, con todo esto de los atentados cibernéticos, le den un poco más de rienda suelta a Smith para que actúe a su manera, salteando algunas reglas. Quizás así obtengamos resultados más rápido.

—Freddy —le digo interrumpiéndolo, quiero hablarle rápido antes de que salga Kim—, anoche nos atacaron en el motel de nuevo.

—¿Cómo? —pregunta sorprendido—. ¿Están todos bien?

—Sí —le aclaro—. Esta vez no nos tomaron por sorpresa y los emboscamos. Eran diez, solo uno sobrevivió. Nos dijo que el Titiritero robaría un arma de alta tecnología en un apagón. Investiga lo que puedas sobre dónde desarrollan esas armas.

—Está bien, Ainara —contesta—. Dame la dirección donde sucedió el incidente. Si hay cadáveres, tendremos algo para revisar. Tal vez la policía atrapó al sobreviviente. Veré cómo relacionar ese hecho policial con nuestro caso para que Smith acceda a irlo a investigar.

Como lo imaginaba, Freddy no sabía dónde nos encontrábamos. Esto me dice que él no puede ser el soplón, aunque aún tengo dudas. Es hora de que le cuente lo que está pasando.

—Tenemos un problema, Freddy —le digo hablando en un tono más bajo.

—¿Otro más? —pregunta Freddy con ironía.

—Tal vez —le digo seriamente— este sea el problema más complejo de todos.

—¿De qué se trata? —me pregunta y ahora lo hace con la misma seriedad que yo.

—Cuando me crucé con Carlisky —le explico—, me dijo algo que me generó muchas dudas. Me dijo que en el equipo había un soplón.

—Eso no puede ser —me contesta.

—Ya no estoy segura de nada, Freddy —le respondo —. Cada vez que le dije a Andrew dónde estaríamos, fuimos emboscados. Lo de ayer fue lo último. Por eso, luego de darle nuestra dirección, rentamos otro cuarto y preparamos la trampa nosotros. No me equivoqué en hacerlo.

—¿Por qué haría Andrew algo así? —pregunta Freddy.

—No sé —contesto—, pero a estas alturas, lo único que podemos hacer es movernos con discreción y darle el mínimo de información. Por eso lo hice venir, quiero ver qué pasa ahora que Andrew y Kim están con nosotros.

—El próximo paso —dice Freddy—, cuando salgamos del Capitolio, será ir a ver a los agentes detenidos. Luego de eso recién visitaremos a Carlisky, si está en condiciones de hablar, tal vez sepa algo más del tema. Ya veré cómo lo resolveré con Smith presente, pero algo se me ocurrirá.

—Eso sería bueno —contesto. Me gustaría tener una definición sobre este tema. Es una situación insostenible.

Departamento de Policía, Washington D. C.
Sábado, 24 de marzo, 2:10 p. m.

Smith y Tanaka llegan al Departamento de Policía, que mantiene retenidos a los agentes del FBI que perseguían a Ainara.

Es una situación irregular. Los agentes no están técnicamente arrestados, están detenidos hasta que se resuelva el tema de jurisdicciones. Por eso no se encuentran en las celdas, sino todos juntos en una habitación.

Luego de una corta conversación con el jefe del Departamento, Smith consigue que le permitan entrevistar al líder de la división del FBI detenida, Jonathan Crowly.

—Resuelvan esto rápido —nos dijo el policía bastante molesto—. Tengo vandalismo en las calles y no puedo disponer de efectivos como si fueran niñeras para cuidar a agentes traviesos.

El comentario del jefe de policía no le agradó nada a Smith, pero prefirió no contestar, lo importante era conseguir esa entrevista.

Nos habilitan una sala de interrogatorios y nos encontramos los tres ahí.

—Somos el agente Smith, director del FBI de Nueva York —se presenta el jefe de Freddy— y el agente Tanaka.

—Soy el agente Crowly —se presenta el detenido,

estrechando la mano de Smith—, jefe de la división de Asuntos Reservados.

—Es un gusto conocerlo, agente Crowly —prosigue Smith—, hay varias cosas que me gustaría preguntarle.

—Adelante —dice Crowly—, sé que usted ha estado a cargo del caso de la exagente Pons desde hace tiempo y entiendo que pueda estar molesto por no haber sido puesto al tanto.

—No creo que molesto sea la palabra adecuada —lo corrige Smith—, más bien diría, sorprendido. Porque hasta el momento nadie me ha relevado del caso, por lo cual, debería haber sido notificado de sus acciones.

—Eso debería ser así con cualquier otra división —explica Crowly—, pero imagino que ya se ha enterado de cómo funcionamos nosotros. Si las autoridades consideran que un caso puede tener implicados a miembros del FBI, ahí es cuando entramos en acción.

—¿Está sugiriendo que yo tengo alguna complicidad con Ainara Pons? —pregunta Smith casi ofendido. No esperaba una respuesta como esa.

—Nadie cree algo así —dice Crowly—. En todo caso, y disculpe que lo diga de esta manera, se podría dudar de su eficiencia, los resultados de su trabajo no han sido… eficaces.

Smith lo mira un instante, sonriendo. No es un novato y no se alteraría fácilmente ante un insulto de esas características.

—Me llama la atención que remarque eso —contesta Smith con toda tranquilidad—, teniendo en cuenta que en los últimos diez días la señorita Pons ha estado parada tres veces frente a usted, y mire cómo estamos. Quien se encuentra detenido no es, precisamente, la exagente Pons.

—*Touché*, agente Smith —reconoce Crowly, que se equivocó al encarar la conversación de esa manera, ya que no está en condiciones de hacerlo—. Pero como le dije antes, no se duda de su lealtad a la oficina.

—¿Y entonces? —pregunta Smith—. De alguien se debe dudar.

El agente Crowly lo mira a Tanaka sin decir nada. Smith comprende el gesto.

—¿Qué está queriendo decir? —pregunta Smith—. Tenga cuidado.

—Todo indica que Ainara Pons tiene uno o más infiltrados en el FBI —prosigue Crowly con su explicación—. Viendo su historial, el hombre más cercano a ella ha sido el agente Tanaka. No me puede decir, agente Smith, que nunca ha contemplado esta posibilidad.

Freddy mira a Smith sin decir nada. Piensa en defenderse, pero prefiere esperar y no mostrarse tocado por esa acusación. Ya que una cosa es una suposición y otra muy distinta es aportar pruebas. Si no hay pruebas, es simplemente blofeo.

—Claro que he contemplado esa posibilidad —contesta Smith—, es mi responsabilidad no dar nada por sentado. Pero el agente Tanaka es quien más ha ayudado a encontrar a Pons y confío en él de manera plena. A no ser que usted tenga alguna evidencia que yo no conozca.

—Lamentablemente, no hay pruebas —dice Crowly —, es la conclusión a la que ha llegado Inteligencia.

—O sea, que no tienen nada —dice Smith.

—Creo que algo deben tener —habla Tanaka por

primera vez—. Si llegaron a Pons tres veces en tan poco tiempo, es porque saben algo.

—Es verdad, Crowly —prosigue Smith—. ¿Cómo es que la encuentran con tanta facilidad?

—Lo siento, agentes —se disculpa Crowly—. No puedo revelar mis fuentes.

—¿Cómo sabían que Pons iría al Capitolio? —insiste Smith.

—Teníamos informes de que atacaría el Congreso —explica Crowly—, pero como les dije antes, no puedo decir cómo me llegó esa información.

—Fueron lo bastante persuasivos —dice Smith— como para convencer a un senador de que les permita entrar al Capitolio salteando todo el proceso de autorización. Su informante debe tener mucho peso para hacer algo así.

—No sé trata de eso —niega Crowly—. Nosotros nos reportamos únicamente al subdirector general del FBI, es él quien consiguió la autorización.

—¿Y sobre el agente Carlisky? —pregunta Tanaka cambiando de tema—. ¿Cómo fue que Pons lo hirió? ¿Usted fue testigo?

—No vi cuando sucedió —responde Crowly—, el agente Milsen fue quien llegó primero y encontró al agente Carlisky herido.

—Entonces deberíamos hablar también con el agente Milsen —dice Smith.

—Eso no será posible por el momento —responde Crowly—. Fue herido en el Capitolio, me acaban de avisar que aún no está fuera de peligro.

Tanaka tiene frente a sí los expedientes de todos los

agentes que participaron del operativo. Milsen es el único calvo del equipo, así que debe ser el que quiso dispararle a Ainara sin provocación.

—Lo siento —responde Smith—. Veremos qué dice Balística sobre el proyectil que hirió a su hombre. Tenemos el informe sobre el arma que le dio a Carlisky. Si es la misma, tal vez podamos apuntar a Ainara, pero por el momento, no hay ni balas ni testigos que indiquen que la señorita Pons haya herido a sus hombres.

—Pero si fuera la misma arma, eso convertiría a la señorita Pons —dice Crowly— en una asesina de agentes.

—No precisamente —lo corrige Smith—. Primero porque ninguno ha muerto. Y segundo porque el arma que suele usar Ainara Pons es una Magnum Smith & Wesson. No se encontró ningún rastro de esa arma en el edificio de Rapifood donde fue herido Carlisky. Solo hubo tiros en las paredes de la ametralladora que suele usar uno de los cómplices de Pons. Me parece muy raro que con esa arma no se haya herido a nadie y sí lo hayan hecho con una pequeña Beretta.

—No entiendo a qué se refiere —dice Crowly.

—Digo que Pons y sus cómplices nunca antes han intentado matar a un agente —explica Smith—, y como ya dije antes, no hay ningún testigo de que le haya disparado a Carlisky. Es todo muy extraño. Conozco a Pons bastante bien y nada de lo que me cuenta corresponde a su *modus operandi*. ¿Atacar el Capitolio? Morrison, del Departamento de Defensa, me dijo que no había ninguna Ainara Pons en su equipo, que nunca supo de lo que ustedes estaban hablando.

—Entonces, Morrison es cómplice de Pons —dice Crowly—. No sé de qué lado está usted, agente Smith, pero le haré saber al subdirector general que parece buscar excusas para exonerar a Pons.

—Puede decirle al subdirector lo que quiera —responde Smith—. Yo encontraré la verdad y eso aparecerá en mi reporte. Tal vez usted y su equipo lo estén inventando todo. Hasta que no haya una prueba certera de algo, todos son sospechosos.

LUEGO DE SALIR del Departamento de Policía, Tanaka y Smith van a almorzar. Freddy lo ve pensativo y le consulta qué sucede.

—¿Qué pasa, jefe? —le pregunta Freddy—. ¿Hay algo que no le cierra?

—Así es, Tanaka —le responde Smith—. Es muy extraño que las mayores autoridades del FBI estén de repente interesadas en Ainara Pons. No tiene sentido que el subdirector general le encargue a una división especial que persiga a esta mujer. Ella no es una prioridad, no está ni entre los cien más buscados. Esta gente debería perseguir a asesinos seriales o cosas así.

—¿Por qué cree que lo hacen? —insiste Freddy, buscando alguna definición.

—Mira, Tanaka —dice con seriedad—, en mi experiencia, estas cosas se relacionan con la política o con *vendettas* personales.

—¿Piensa que el subdirector tenga algo personal con Pons? —pregunta Freddy.

—No lo sé —contesta Smith meneando la cabeza como si estuviera dudando—. Pero que el Departamento de Defensa niegue la participación de Pons en el incidente del Capitolio, me da mucho que pensar. Conozco cada detalle de su vida, sé que cuando estuvo en Seguridad Nacional fue jefa del actual secretario de Defensa.

—Entonces... —dice Freddy al ver que Smith no prosigue con su explicación.

—Entonces, nada —contesta Smith cortante—. Hasta que no sepamos algo más, no puedo arriesgar ninguna hipótesis, pero me suena a política. Aquí hay dos bandos, Thornton está de un lado y la tiene a Pons con él, pero no sé quién está del otro lado ni por qué la persigue.

FRENTE A FRENTE

HOWARD UNIVERSITY HOSPITAL, Washington D. C.
  Sábado, 24 de marzo, 8:00 p. m.

—EL AGENTE que quiso matarte se llama Arturo Milsen —me dijo Freddy hace dos horas cuando se comunicó con nosotros. Luego de entrevistar a los agentes que quisieron atraparnos, me llamó para contarme lo que sabía—. Está internado en el mismo centro médico que Carlisky, el Howard University Hospital.

—¿Irán a verlos hoy? —pregunté.

—No lo sé —me contestó Freddy—, probablemente iremos mañana. Smith quería ir hoy a ver al senador, pero aún no me lo confirmó, lo veo algo misterioso.

—¿Por qué? —le pregunté—. ¿Qué piensa Smith de todo esto? ¿Está dudando otra vez de ti?

—No, nada de eso —contestó Freddy—, al contrario, me defendió ante las acusaciones de Crowly.

—¿Y entonces? —insistí.

—Para mi sorpresa —me respondió de manera alegre—, Smith te estuvo defendiendo a ti también. Él no cree que le hayas disparado ni a Milsen ni a Carlisky. Está convencido de que hay algo turbio en todo esto. Además, Morrison nos dijo que tú no estuviste en el Capitolio, por lo que Smith tiene alguna sospecha que aún no se atreve a decirme. Solo dijo que piensa que hay dos bandos en pugna y que tú estás del lado de Thornton.

—Así que eso piensa —dije—, no está tan equivocado. ¿Qué otra cosa piensa?

—Piensa que tal vez sea todo política —me dijo—. Quizás supone que estás trabajando para el Gobierno, no lo sé. Pero cuando tenga algo más concreto, te lo haré saber.

—Bueno —dije, pensando en voz alta—, no está mal que crea eso. Llegado el caso de que todo se dé como queremos y que Thornton cumpla su promesa, será bueno que Smith se trague que he estado trabajando para el Gobierno.

—¿Qué planeas hacer ahora, Ainara? —me preguntó Freddy—. No tenemos ninguna pista nueva.

—Quizás podríamos visitar nosotros a los heridos antes que Smith —le dije mientras se me iba ocurriendo —. Es una buena oportunidad para tener más información. De todos modos, no tenemos otra cosa que hacer.

Llegamos al hospital. Junior se acerca a la recepción mientras Peter y yo nos apartamos a un costado. Alain, por su brazo herido, se quedó en el motel con Kim y Andrew. Le pedí que los vigilara, no quiero tener más filtraciones. El último ataque del motel demostró que por allí sale la información, ahora solo necesito saber por qué para poder sacarlo a la luz. Será duro, pero no quiero adelantarme a los hechos. Primero lo primero.

—Soy el doctor Petrocelli —se presenta Junior, utilizando una de sus falsas identificaciones creadas por Andrew, hace mucho que no se hacía llamar así—, asistente del fiscal de distrito. Tenemos dos hombres heridos en custodia, Milsen y Carlisky. Quisiera verlos.

—Espere un minuto —responde el hombre de la recepción a la vez que busca en su ordenador—. Tiene suerte, los sacaron hace media hora de terapia intensiva y se encuentran en el área común, en el segundo piso. Habitaciones dos y siete.

Junior se acerca a nosotros, que nos encontramos a unos pasos.

—¿Escucharon? —pregunta.

—Parece que tuvieron una súbita mejoría —responde Peter—. Los dos al mismo tiempo, y ni siquiera pasaron por el área de terapia intermedia, será mejor que los veamos rápido.

—Pero esto es bueno —digo—, podremos hablar con ellos. ¿Qué es lo que te preocupa?

—No sé, Ainara —me contesta—. Algo me huele mal.

—Te entiendo, Peter —dice Junior—. Pero habrá

sido una coincidencia, no les pasará nada. Supongo que tendrán custodia policial.

—De seguro —contesto—. De todos modos, estamos fuera del horario de visita y no habrá civiles dando vueltas, nos encargaremos de la policía. Tú quédate aquí y avísanos de cualquier problema que pueda surgir.

Junior asiente con la cabeza y vamos hacia el elevador mientras él vuelve hasta el recepcionista, le dice algo que no llego a oír y camina hasta unos asientos que se encuentran en la sala de espera. Le debe haber dado alguna excusa para que no le parezca extraño que no suba.

El elevador estaba ya en la planta baja, así que subimos enseguida, junto con dos médicos. Uno de ellos baja en el primer piso, el otro sigue con nosotros. Cuando el elevador abre sus puertas en el segundo piso, esperamos ver por lo menos a dos policías en el corredor, pero no es así, el lugar está vacío. Salimos del elevador y dejamos al médico, que sigue subiendo.

Miro a Peter, el que no haya policías es muy raro. Él menea la cabeza.

—Esto me huele mal —repite.

Caminamos hasta la puerta dos, y al llegar, la abro. Veo a Carlisky recostado, parece dormido. Observo la máquina que controla su ritmo cardíaco. Está apagada. Me acerco rápido y le tomo el pulso. El hombre está muerto.

—Diablos —digo mientras le toco la frente y noto que aún está caliente—. Acaba de morir.

—Vamos por Milsen —dice Peter y comienza a

correr. Tememos que le haya pasado lo mismo. La intuición de Peter sigue funcionando bien, esto no es normal.

Cruzamos rápido el corredor hasta la puerta siete y entramos. Vemos a un hombre apretando una almohada en la cara de Milsen y otro sosteniéndole las piernas. Al vernos, el que le sujetaba las piernas lo suelta y comienza a sacar su arma. Peter, que entró al cuarto primero, va sobre él y comienzan a forcejear. Yo me dirijo hacia el que sigue intentando asfixiar a Milsen y lo agarro del cuello. Giro con fuerza y lo arrojo contra la pared. Este también intenta sacar su arma, pero con una patada circular la hago volar hasta caer en la cama sobre las piernas de Milsen. Entonces, el hombre gira y lanza un golpe de revés con su mano derecha, que apenas logro bloquear con mi antebrazo. Vuelve a girar y me da un codazo en el pecho que no alcanzo a frenar dejándome casi sin aire.

Intenta darme un puñetazo directo al rostro que roza mi mejilla. Me agacho para esquivarlo y le doy un codazo en la ingle. El hombre se inclina hacia adelante por el dolor, así que tomo impulso y le doy otro codazo, pero en la mandíbula, haciéndolo tambalear. Lo agarro de un brazo y lo lanzo al suelo. Apoyándome en la cama de Milsen, escucho un estruendo. El disparo da en el cuerpo de mi oponente; sin querer, me he cubierto con él, salvando mi vida. Peter está en el suelo y el hombre que peleaba con él acaba de dispararme.

Recojo el arma que está sobre las piernas de Milsen y le disparo en el cuello. Comienza a sangrar a borbotones. El hombre se lleva la mano al cuello, tratando de contener el río rojo que fluye imparable.

Nada puede hacer, comienza a temblar y cae al suelo, sacudiéndose. Acudo entonces hacia donde está Peter y lo veo reaccionar, sangra un poco del rostro, pero nada más.

—Lo siento, Ainara —me dice mientras lo ayudo a levantarse—, fue más rápido que yo.

—Los dos eran rápidos —digo y me acerco a Milsen. Está inconsciente, pero con vida. Ahora que le veo el rostro, compruebo que es el que me iba a disparar en el Capitolio.

Limpio el arma con la sábana del hospital para quitar mis huellas y la arrojo sobre el hombre en el suelo. No necesito un cadáver más en mi historial. Enciendo la máquina que controla el ritmo cardíaco de Milsen. La habían apagado como a la de Carlisky. No me quedan dudas de que lo mataron de la misma manera. Veo que la máquina funciona correctamente, cuando suena mi teléfono.

—¿Qué pasa, Junior? —pregunto al atender y ver su nombre.

—Sal de ahí, Ainara —dice Junior—. Acaba de llegar Freddy con Smith. Se escucharon disparos. ¿Están bien?

—Sí —respondo—, ya vamos.

Corto la llamada y tomo el rostro de Milsen, lo sacudo, quiero que reaccione. Le pego una bofetada y el tipo abre los ojos. Aspira profundo como si le faltara el aire.

—Te acabo de salvar el pellejo —le digo señalando a los dos cuerpos en el suelo—. Tus amigos acaban de intentar matarte, dime lo que sabes. No les debes nada.

Milsen mira como puede a los cadáveres y empieza a balbucear. Le cuesta hablar.

—No, no sé… —dice algo más, pero es inteligible.

—¡Dime quién es el soplón en mi equipo! —me acerco gritándole.

Quiere decir algo, pero habla muy bajo.

—Ainara —dice Peter tomándome del hombro—, su corazón…

Veo el monitor y advierto que su corazón está fallando. No me importa, el cerdo intentó matarme, solo quiero que me dé un nombre.

—Si quieres que llame al médico —lo amenazo—, dame el nombre o te dejaré morir.

Susurra algo, así que me acerco.

—Vámonos, Ainara —dice Peter mientras veo que pone el arma que arrojé en la mano del cadáver—. Smith debe estar subiendo.

Acerco más mi oído a la boca de Milsen y escucho lo que me dice justo cuando el monitor emite un sonido constante. Milsen exhala y queda con los ojos abiertos. Peter me tironea del brazo y me arrastra hacia la salida mientras proceso lo que acabo de escuchar. Corremos por el pasillo hacia el elevador. Apenas llegamos, la puerta se abre. Hay dos hombres dentro. Son Smith y Freddy. Nos miramos. Smith agranda los ojos. No le doy tiempo a pensar, estamos a menos de un metro frente a frente y lo empujo con todas mis fuerzas. Freddy lo agarra como queriendo sostenerlo, pero en realidad se tira con él al suelo. Peter reacciona rápido y aprieta el botón del último piso en el elevador. La puerta comienza a cerrarse y veo a los dos agentes tratando de levantarse del suelo. Corremos hacia la escalera y bajamos. Dos policías suben corriendo.

—¡Ayuda, por favor! —les suplico—. Hubo disparos arriba.

—Creo que fue en el tercer piso —agrega Peter para ganar tiempo.

Los dos policías corren hacia arriba y nosotros lo hacemos hacia abajo. Al salir al vestíbulo del hospital, vemos que entran más policías. Caminamos velozmente, pero no llamamos la atención porque la gente está alterada por los disparos. Lo vemos a Junior esperándonos en la puerta. Él nos ve a nosotros y sale primero. Lo seguimos hacia el coche y subimos. Arrancamos y pasamos frente a la puerta del hospital. Vemos salir a Smith y Freddy. Con Peter nos agachamos para que no nos vean. Pasamos a pocos metros de ellos.

LA DUDA DE SMITH

HOWARD UNIVERSITY HOSPITAL, Washington D. C.
Sábado, 24 de marzo, 9:15 p. m.

SMITH Y TANAKA se encuentran en la puerta del hospital. Smith está furioso, se le acaba de escapar Ainara Pons. No lo puede creer. Si hubiera tenido algo enfrente, lo habría pateado como un futbolista.

—Me tomó por sorpresa —dice con las manos en la cintura, mirando hacia la calle—. ¿Qué diablos vino a hacer?

—Solo hay una forma de saberlo, jefe —dice Freddy mirando hacia el elevador.

—Sí, tienes razón —dice Smith cuando entiende lo que le está queriendo decir—. Vamos arriba.

Entran y suben otra vez al segundo piso. Ya hay policías en las habitaciones de los agentes del FBI. Van primero a la habitación de Carlisky. Allí hay un equipo de médicos y enfermeros realizando técnicas de reanimación, los ven desde la puerta. Le aplican el desfibrilador y la máquina de monitoreo de repente reacciona. Smith y Tanaka se miran.

—Este tuvo suerte —dice Smith.

—Ya veremos —dice un policía que está parado junto a ellos y había visto todo el proceso—. Escuché a los médicos decir que estuvo muerto más de cinco minutos. Que aunque vuelva a latir su corazón, puede que no recupere el conocimiento.

—Agentes… —los llama otro policía que viene caminando por el corredor—. Deben ver esto.

Smith y Tanaka caminan hacia la habitación siete. Entran y ven la misma escena que en la habitación anterior, pero esta vez los médicos desisten. Milsen no tuvo la misma suerte que Carlisky, no pudieron revivirlo. Uno de los enfermeros se lleva el desfibrilador y otro cubre a Milsen con una sábana.

—¿Aquellos quiénes son? —pregunta Smith al ver a los dos hombres que pelearon con Ainara y Peter. Ambos están en el suelo sobre charcos de sangre.

—No lo sabemos, agente Smith —dice el policía que los había conducido hasta ese cuarto—. Aquel tiene un disparo en la espalda y al otro le dieron en la garganta. Los médicos no se molestaron en hacerles técnicas de reanimación, se ve que están totalmente desangrados.

—¿Qué pasó aquí, Ainara? —pregunta Smith cómo hablándose a sí mismo—. Dime qué sucedió. ¿Y por qué justo ahora?

—¿A qué se refiere, jefe? —pregunta Freddy.

—A que con los ataques y amenazas —explica Smith

—, recibí un llamado de las autoridades para que posponga todos los casos comunes y nos dediquemos a investigar los atentados. Así que mañana por la mañana deberemos volver a Nueva York.

—Bueno —responde Freddy—, tal vez este caso se relacione con los ataques. De ser así, podríamos seguir investigando sin que le pongan trabas.

—No veo la conexión entre una cosa y otra —dice Smith, interesado, pero sin comprender.

—Los agentes detenidos dicen que fue Ainara quien atacó el Capitolio —explica Freddy—, así que allí tenemos la primera conexión con un atentado.

—Puede ser —dice Smith, reflexionando—, pero aún no hay nada que la relacione con los ataques ciber-néticos.

—No es así, jefe —lo corrige Freddy—, en el hackeo a Instagram, los primeros dos *hashtags* hablaban de que América y el Capitolio caerían. Ahí tenemos la unión entre los ataques cibernéticos y el tiroteo en el que, en teoría, estuvo inmiscuida Ainara.

—Lo has hecho de nuevo, Tanaka —dice Smith con una sonrisa—, creo que podremos seguir en el caso. Solo deberíamos comprobar que la señorita Pons se encuentra realmente en Washington D. C.

—Aquí no hay cámaras, jefe —dice Tanaka—. Pero en el pasillo vi una. Debemos revisar las grabaciones. Quizás obtengamos la comprobación que necesita.

Smith mira a su subordinado por un instante.

—Perfecto —le dice—, discúlpame por haber dudado alguna vez de ti. Siempre encuentras una forma.

—Oficial —le dice luego Smith al policía que está a su lado—. Consígueme esas grabaciones.

El policía le hace una señal, tocándose la gorra, y se marcha.

Smith observa el cuarto. Los médicos terminan de tomar unas notas sobre los tres cadáveres mientras dos policías se paran en la puerta para asegurarse de que nadie entre hasta que lleguen los forenses. Smith camina por la habitación y mira cada detalle, está claro que aquí se libró una batalla. Verá qué dice Balística, pero duda mucho de que estos hombres se hayan matado entre ellos y que Ainara haya sido una testigo casual.

—Tú revisa a aquel —le dice Smith a Tanaka a la vez que se acuclilla junto al que tiene el disparo en la espalda. Busca dentro de sus ropas y no encuentra ninguna identificación. Sonríe—. Son asesinos, pero no creo que hubieran esperado encontrarse con Ainara. Les salió el tiro por la culata.

—Encontré esto —anuncia Freddy sosteniendo las llaves de un vehículo en alto.

—Agentes ... —los llama el oficial de policía desde la puerta. Está acompañado por alguien de seguridad del hospital—. Tenemos las grabaciones.

SMITH Y TANAKA van a la planta baja del edificio, donde está la oficina de seguridad. Allí se encuentran los monitores para ver las cámaras de todo el hospital. Uno de los guardias está frente al teclado del ordenador que maneja todo el sistema.

—Quiero ver lo que sucede en ese pasillo —dice Smith—, desde diez minutos antes de que se escucharan los disparos.

El operador busca las grabaciones de esa cámara. Luego la sitúa en el horario que se le pidió y comienza a correr el video.

—Mire, jefe —dice Freddy señalando en la pantalla a los dos oficiales que se encuentran parados frente a los cuartos—. Creo que son los dos que estaban luego en la puerta de los tres cadáveres.

—Deberían haberse quedado allí todo el tiempo —dice Smith—. ¿Por qué no estuvieron durante el tiroteo?

Continúan viendo y se percatan de que los dos reciben una llamada. Contestan su intercomunicador y abandonan su puesto.

—¿A dónde van? —pregunta Smith.

—No lo sé —contesta Freddy—. Ahora voy por ellos y les pregunto.

No pasa más de un minuto y aparecen en la imagen los dos hombres muertos a disparos. Entran primero en la habitación de Carlisky. Están allí tres minutos y luego salen. Entran en el cuarto en el que aparecieron muertos. Apenas cierran la puerta, se les ve a Ainara y Peter saliendo del elevador.

—Allí están —dice Smith—. Detén el video. ¿Quién está con Ainara?

El operador pausa la grabación. Freddy duda un instante, pero sabe que si se hace el tonto, tarde o temprano quedará expuesto.

—Creo que es Bennett —dice al fin Tanaka.

—¿Quién? —pregunta Smith sin dejar de mirar el monitor.

—Mi antiguo jefe —explica Freddy—, era compañero de Ainara en el FBI.

Smith mira entonces a Freddy. Tanaka deja la mirada fija en la pantalla, no quiere ver a los ojos a su jefe.

—Ahora lo recuerdo —dice Smith—. Leí sobre Bennett en el expediente de Ainara. Dos exagentes experimentados trabajando juntos no es poca cosa. Que un agente se pase al bando de los malos es una posibilidad, pero que lo hagan dos, me da mucho que pensar.

Smith está dudando del verdadero papel de Ainara en todos estos años. Siempre ha odiado a los traidores, y a eso se debió en parte su obsesión por Ainara Pons. Pero con el transcurso del tiempo, ha comprendido que hay cosas que no cierran. El comportamiento de Ainara no responde al accionar de los delincuentes comunes, de hecho, no se ha enterado de que haya robado dinero o cobrado por cometer algún delito. Deberá pensarlo con calma.

—Déjalo correr —le pide Smith al operador y este activa el video.

Ven entonces en la pantalla que Ainara y Bennett salen rápido de la habitación de Carlisky y entran en la de Milsen.

—Encontraron a Carlisky muerto —dice Freddy guiando a su jefe en el razonamiento— y fueron a ver a Milsen.

El video no tiene audio, así que no se escuchan los disparos. Luego de unos minutos, ambos salen de la habitación y los ven dirigirse hacia el elevador. Allí se abren las puertas de este y se ven a sí mismos. Lo demás ya lo saben.

—Encontraron a los asesinos matando a Milsen —dice Smith reconstruyendo la escena en su mente. Continúa con el camino que inició Freddy— y se enfrentaron. Como siempre, Ainara salió con vida. El tema es por qué vino hasta aquí. ¿Qué estaba buscando?

—Creo —dice Freddy, midiendo como siempre sus palabras— que lo que venía a buscar Ainara era lo mismo que nosotros, información. Y precisamente fue lo que los asesinos le impidieron hacer. Por eso mataron a Milsen e intentaron matar a Carlisky, para que no hablen.

—Entonces —prosigue Smith, pensativo—, como venía pensando, aquí hay algo más que una agencia del Gobierno queriendo atrapar a Pons.

—¿Quién piensa que pueda ser, jefe? —pregunta Tanaka, empujándolo en el camino que está queriendo—. Como lo hablamos antes, me suena muy raro lo que dijeron que Ainara intentó un atentado al Capitolio. En medio de los atentados cibernéticos que están sucediendo… ¿Cree que Ainara haya intentado evitar el atentado?

Smith se queda mirando a Freddy mientras analiza sus palabras. No había pensado en eso e intenta encontrarle una lógica.

—No veo por qué lo haría —responde al fin Smith —, pero con Ainara Pons nunca se sabe. Ya comprobamos que hay otra gente en el juego aparte de los agentes, tenemos que averiguar quiénes eran esos asesinos o si ya han actuado antes sin que lo sepamos. Nos hemos concentrado en el movimiento de estos agentes para llegar a Ainara, pero tal vez habría que buscar incidentes policiales sucedidos durante los últimos días. Si no nos hubiéramos cruzado con ella hoy, jamás nos hubiéramos enterado de su intromisión. Pudo haber otros enfrentamientos con Pons de los que no estemos enterados. Con este nuevo planteamiento de que Ainara está relacionada con los atentados, me darán la autorización que necesitamos para expandir nuestra investigación.

—Yo me encargaré de buscar cualquier incidente policial, jefe —dice Freddy, satisfecho. Es lo que esperaba para encausar la investigación hacia el Titiritero, del cual Smith aún no tiene idea de su existencia.

—Otra cosa, Tanaka —agrega Smith—. Carlisky puede aclararnos lo que está pasando. Sobrevivió de milagro, no podemos dejar esto en manos de la suerte. Debemos proteger a este hombre a toda costa. Si sabe algo, debemos hablar con él primero.

BASE MILITAR

MOTEL, Washington D. C.
Sábado, 24 de marzo, 10:00 p. m.

CUANDO LLEGAMOS de nuevo al motel, el resto del equipo nos está esperando. Nuestros rostros anuncian que las cosas no salieron como queríamos.

—¿Saben algo de Freddy? —es lo primero que pregunto cuando Kim me abre la puerta.

—No —responde Andrew, que está sentado frente a su ordenador—. No volvió a hablar con nosotros desde la última vez. No sé dónde puede andar.

—Nosotros sí sabemos —dice Peter al entrar detrás de mí—, nos acabamos de cruzar con él en el hospital.

—Y con Smith —agrega Junior mientras cierra la puerta de la habitación.

Me siento en una de las dos sillas libres y Peter va hasta la mesa para servirse un vaso de agua. Junior se acomoda en la cama vacía y Kim se queda mirándonos de pie.

—¿Qué pasó? —pregunta Alain enderezándose. Estaba recostado en la otra cama, mirando la televisión con el volumen bajo.

—Al llegar —explico—, los hombres del Titiritero ya habían matado a Carlisky y los interrumpimos justo cuando estaban por matar a Milsen. Acabamos con ellos, pero Milsen no lo logró.

—Diablos —maldice Alain—. No averiguaron nada entonces.

—Lamentablemente, no —contesto. Lo que me susurró Milsen me lo guardo para mí, aún debo pensar qué haré con ello.

—Al salir nos topamos frente a frente con Smith —agrega Peter—, apenas pudimos huir. Hubieran visto su cara cuando estuvimos parados a menos de un metro de distancia.

Luego de decir eso, Peter se desploma en la única silla que quedaba libre, se le ve cansado.

—Ahora estamos como al principio —digo mirándola a Kim, que sigue parada en medio de la habitación—, no tenemos ninguna pista. Lo único que tenemos claro es que esta gente se encuentra en todos lados y que no hay forma de saber cómo lo hacen. Quiero que descartemos nuestros teléfonos y no tengamos ninguna comunicación con el exterior. Si queremos seguir con vida, tenemos que ser más cuidadosos que nunca.

Recojo una bolsa de papel en la que Junior había traído comida más temprano, coloco mi móvil adentro.

Luego me pongo de pie y paso con la bolsa frente a cada uno de mis compañeros. Todos hacen lo mismo.

—Hoy ya es tarde —digo—, pero mañana iré con Andrew a buscar un solo móvil para poder hablar con Freddy y Thornton. Por lo demás, estaremos incomunicados. Estoy cansada de tenerlos pisándome los talones.

—No importa qué tanto nos queramos incomunicar —dice Alain mientras con el control remoto del televisor comienza a subir el audio—. Kurganov siempre encuentra la forma de hablarnos.

No sé a qué se refiere, pero veo en la pantalla del televisor una foto del Pentágono y se escucha la introducción musical de una vieja canción. En cuanto empieza la letra, un texto como de caricatura aparece cubriendo al Pentágono: dice «¡Kabooom!». Luego reaparece la foto y la música vuelve a empezar.

—¿Qué es eso? —pregunta Peter cuando reaparece el «Kabooom» y la secuencia vuelve a empezar.

—No es posible —dice Andrew con la boca abierta mientras Alain cambia de canal y se ve lo mismo. Entonces, la imagen desaparece y el canal recupera su transmisión normal.

—¿Qué acabamos de ver? —pregunta Junior, desorientado.

—Creo que es un anuncio del Titiritero —responde Alain—. Atacarán el Pentágono. ¡Kabooom!

—No es posible —repite Andrew—. No entiendo cómo hackearon la TV. Y no solo un canal, todos a la vez. Acá estoy revisando las redes, esperen… Aquí está. Empieza a aparecer en las noticias. Parece que ha sucedido en medio país. En unos minutos tendremos más información. Andrew está más preocupado por la hazaña del hackeo que por la amenaza en sí.

—Andrew —le digo, llamándole la atención—, concéntrate en la amenaza. ¿Crees que fue el Titiritero?

—No tengo dudas, Ainara —dice volviéndose hacia a mí—. ¿Quién más podría hacer algo como esto? Va en línea con el resto de los atentados cibernéticos. Al menos, cinco proveedores de televisión han sido hackeados simultáneamente. Nunca había visto algo así, es una locura.

—El hombre del motel —interviene Peter— nos dijo que el Titiritero estaba por dar un golpe grande, que robaría un arma experimental. En el Pentágono podría haber ese tipo de armas.

—Sí —confirma Andrew—. Es uno de los lugares en los que encontré que puede haber armas así.

—Puede ser —dice Junior analizando la situación—, pero es extraño que si quieren robar algo, lo anuncien por televisión.

Concuerdo con Junior. Si quieres atacar algo, lo haces, no lo anuncias en cadena nacional para que todas las fuerzas armadas estén en alerta.

—¿Qué quieres decir? —pregunta Alain.

—Que hasta el momento —prosigue Junior—, los anuncios o desafíos del Titiritero han terminado siendo trampas. Tal vez esta sea otra. Por algún motivo, quiere que vayamos al Pentágono, pero no sé para qué.

—Lo que dices tiene sentido —le digo, confirmando su razonamiento—, quizás sea una distracción y nada más. O tal vez, mientras atacan el Pentágono, estarán en otro lado robando la misteriosa arma.

—Entonces, podría ser cualquier cosa —dice Kim, que no había tenido nada que decir hasta el momento.

—Quizás —contesto mientras trato de entender los movimientos del Titiritero—, pero suponiendo que se trate de una distracción, ¿dónde podrían dar el verdadero golpe?

—Bueno —dice Andrew—, si hablamos de sedes del Gobierno y no contratistas independientes, hay una veintena de lugares en todo el país donde pueden desarrollar este tipo de armas. Una de ellas, como ya dijimos, es el Pentágono.

—¿Hay alguna otra aquí en Washington? —pregunto. No me interesan las del resto del país, no tendríamos forma de llegar a ellas a tiempo. Además, todo parece ocurrir en esta ciudad, por eso intuyo que sucederá aquí.

—No —dice Andrew y eso echa por tierra mi teoría. Sin embargo, noto que duda, tal vez haya algo que no me quiere decir.

—¿Estás seguro? —pregunto.

—En realidad, no —me responde con una sonrisa nerviosa, como si estuviera por decir una tontería—. Lo que sucede es que hay otro lugar, pero es más un rumor conspiranoico que un dato certero.

—Adelante, dime —le indico ya cansada de las vueltas. Necesito saber dónde atacará el Titiritero, y por el momento no tenemos nada.

—En la Deep Web —comienza a explicar— se habla de un sitio en el que experimentan con tecnología extraterrestre para crear armas.

—Es muy posible que sea ese lugar —digo luego de

pensarlo un segundo. Todos me miran sorprendidos por mi seguridad. Acerco mi silla a la mesa frente a la que se encuentra Andrew.

—¿Por qué piensas que es ese? —pregunta Alain—. ¿Desde cuándo crees en extraterrestres?

—Los extraterrestres me tienen sin cuidado —le contesto—. No se trata de eso. Es solo una tapadera. Mientras trabajé en Seguridad Nacional, usamos ese recurso para despistar a la prensa. Cada vez que el Gobierno sale a desmentir que haya extraterrestres, la gente cree aún más que hay extraterrestres, y por lo tanto, lo que realmente sucede queda oculto a la vista de todos.

—O sea —dice Alain confundido—, dicen una verdad para que crean que es mentira y ocultar otra verdad.

Lo miro sin decir nada por un instante, estoy tratando de entender su razonamiento.

—Es exactamente así —concluyo.

—Pero —interviene Junior— ¿existen los extraterrestres o no?

Todos lo miramos sorprendidos, no conocíamos el interés de Junior por los alienígenas. Él me mira fijo, esperando una respuesta, como si yo fuera una autoridad en el tema. Estoy por echarme a reír, pero me contengo, solo me alzo de hombros. La realidad es que no sé nada de ese tema.

—Volvamos a lo nuestro —digo mientras le hago una seña a Andrew para que me muestre su pantalla con la localización del sitio de supuesta tecnología extraterrestre.

Andrew gira su ordenador y me muestra el mapa. El lugar se llama American Military Society.

—Según lo que leí mientras perseguían extraterrestres —dice Andrew sonriendo—, es una base militar que realiza tareas administrativas relacionadas con veteranos de todas las fuerzas, seguros, medicina, cuestiones legales y cosas así. También realizan eventos para veteranos. Aparentemente, allí no se dispara un arma, ni se realiza ningún tipo de entrenamiento.

—Cada vez estoy más convencida de que es allí —digo señalando el punto en la pantalla—. Miren dónde se encuentra, en el extremo opuesto al Pentágono. Si quieren dar un golpe allí, que fuéramos al Pentágono sería lo mejor que les podría pasar.

—Entiendo tu lógica —dice Peter—, pero es una apuesta fuerte, si en realidad atacan el Pentágono, estaríamos perdiendo el tiempo en el otro extremo de la ciudad.

—La amenaza al Pentágono salió en televisión nacional —digo remarcando algo obvio de lo que ya hemos hablado—. Será el lugar más custodiado del país. Aunque Thornton nos hiciera entrar, no hay nada que podamos hacer. Todas las agencias estarán allí, no creo que Thornton pueda protegernos esta vez.

—Bueno —dice Peter—, entonces debemos estudiar el lugar para ver cómo entrar.

—Aunque ese fuera el lugar —dice Kim—, ¿qué haremos? ¿Nos sentaremos en la puerta de la base hasta que llegue el Titiritero?

—Es verdad —afirma Andrew—. No sabemos cuándo atacarán.

—No estoy tan segura de eso —digo—. La imagen de la televisión estaba acompañada por música. Ya la recordé. Era *Carrie*, del grupo Europe.

—¿Y qué hay con eso? —pregunta Alain.

—Se repetía una y otra vez la misma parte —explico—. Era la introducción musical y el primer verso: *When lights goes down*, «cuando las luces se apagan».

—¿Otro apagón? —pregunta Peter.

—¿Cuándo anochece? —arriesga Alain.

—¿Las dos cosas? —opina Junior, redoblando la apuesta.

—Posiblemente —digo—, el paramilitar que atrapamos en el motel me dijo que sería en el próximo apagón, así que esto lo confirma. Pero en cuanto a la hora, el impacto de un apagón es mucho más fuerte por la noche. Mañana, cuando anochezca, deberemos estar dentro, en algún momento sucederá.

29

NOS CONTRATÓ EL TITIRITERO

ESTACIÓN DE POLICÍA, Washington D. C.
Domingo, 25 de marzo, 10:30 a. m.

—TENGO ALGO, jefe —le dijo Freddy a Smith temprano por la mañana cuando lo fue a buscar a su habitación.

—¿Qué es, Tanaka? —preguntó Smith luego de hacerlo pasar.

—Investigué lo que me pidió —respondió Freddy—. Busqué incidentes policiales que pudieran estar relacionados con Pons y encontré uno que me llamó la atención.

—Vamos, cuéntame —le solicitó Smith.

—Hubo una explosión en un motel —le explicó Freddy—, cuando llegó la policía, encontraron una decena de cuerpos y armas de guerra. Arrestaron a un hombre con vestimenta militar que trataba de huir del lugar, arrastrándose, le habían baleado las dos piernas.

—¿Qué tiene esto que ver con Ainara? —preguntó Smith.

—¿No lo ve, jefe? —prosiguió Freddy—. Usted me lo dijo ayer, que a los asesinos les salió el tiro por la culata, fueron a cometer un crimen y se encontraron con Pons y Bennett. Parece haber pasado lo mismo, un grupo de asesinos fue a cometer un crimen y terminaron muertos.

—¿Cómo sabes que eran asesinos? —preguntó Smith, quien estaba intentando dilucidar si esa información era trascendente o no.

—Los cuerpos estaban calcinados —prosiguió Freddy—, por lo que llevará tiempo identificarlos, pero estaban todos fuertemente armados y encontraron un ariete en el corredor junto a la puerta. Los peritos dijeron que los restos del marco y la puerta daban indicios de que había sido tirada abajo antes de la explosión. Además, encontraron un dispositivo explosivo de manufacturación casera dentro del cuarto.

—Estás diciendo —interpretó Smith— que los hombres entraron por la fuerza a la habitación y los estaba esperando una sorpresa.

—Exacto —respondió Freddy.

—Creo que vale la pena hablar con el hombre que arrestaron —dijo Smith ya sin dudar—. Explosivos y paramilitares, es un delito federal.

—Recién hablé con la policía —continuó Freddy al ver que Smith ya estaba decidido—. Soltarán al hombre en una hora, no han podido levantar ningún cargo en su contra y se acaba el período en que lo pueden mantener detenido.

—No perdamos más tiempo entonces —dijo Smith y salieron para el Departamento de Policía.

Cuando el jefe del Departamento los ve llegar, se agarra la cabeza.

—¿Qué hacen de vuelta aquí? —les pregunta—. Ya se llevaron a sus compañeros ayer por la noche. Vino uno de sus jefes con una orden, los subió a todos a una camioneta y se marcharon.

Es el mismo Departamento de Policía en el que había sido detenido el agente Crowly con su equipo. El jefe de la seccional se sorprende al ver a Smith y Freddy de nuevo, pensaba que ya se había librado del FBI.

—No venimos por ellos —dice Smith como si estuviera al tanto de la situación, aunque no lo estaba. Quiere saber quién autorizó el traslado y a dónde los llevaron, pero piensa que no es el momento para preguntarlo—. Venimos por un caso de explosivos, armas de guerra, varios muertos y un paramilitar detenido.

—¡Ah! —responde el oficial, no fue avisado de que habían dado intervención al FBI—. Llegan justo a tiempo, en media hora deberemos soltarlo porque no hay nada en su contra, pero las circunstancias y sus antecedentes me dicen que está mintiendo. Tal vez ustedes puedan sacarle algo.

—¿De qué antecedentes habla? —pregunta Smith.

—Espere —dice el oficial mientras revisa su ordenador. Teclea algo y lo gira para que lo vea Smith—. Aquí está. Robert Coster, sargento del Ejército estadounidense, degradado y dado de baja por deshonrar su uniforme hace cuatro años. Sus registros no aclaran lo que hizo. Muchos de estos militares expulsados de las fuerzas son contratados por empresas de seguridad, pero otros arman sus propios equipos de mercenarios y trabajan para el mejor postor.

—¿Cuál es su versión? —pregunta Smith.

—Declaró que estaba caminando por la zona y que de repente —explica el policía—, de no sabe dónde, salió un loco con una ametralladora y le disparó.

Smith lo mira a Freddy, sabe que uno de los compañeros de Ainara suele usar una ametralladora. De hecho, ya definieron que fue el arma que se utilizó en el edificio de Rapifood, en donde hirieron a Carlisky.

—Nos gustaría hablar con ese hombre —dice al fin Smith.

—Por supuesto —contesta el policía, mucho más servicial que la vez anterior—. Haré que lo lleven a la sala de interrogatorios. Ya tengo su número de teléfono de la última vez que vino, así que ya mismo le envío todo lo que tenemos de este hombre. Espero que le saquen algo, me molesta dejar a tipos así en la calle.

CUANDO SMITH y Tanaka se encuentran esperando en la sala de interrogatorios, la puerta se abre y un policía trae a Coster en una silla de ruedas. El oficial lo deja al otro lado de la mesa y se marcha. Luego de presentarse, el agente Smith va directo al grano.

—Bueno, Coster —dice Smith—, ya sabemos lo que

estabas haciendo en ese motel, así que si quieres que el juez sea piadoso contigo, colabora y dinos todo lo que sabes.

—No sé de qué está hablando —responde el hombre, sonriendo—. Ya pasé por esto con los detectives, así que no perdamos el tiempo que estoy adolorido. Abran esa puerta y dejen que me marche.

—Creo que no estás entendiendo —prosigue Smith—. Nosotros no somos detectives, somos agentes del FBI con información que la Policía no tiene. Por las características del incidente, se le dio intervención a nuestra agencia y tenemos pruebas de que cometiste un grave delito.

El hombre lanza una carcajada.

—Yo soy un hombre inocente —insiste Coster—, que pasaba por el lugar equivocado a la hora equivocada, y un loco me disparó. No tiene nada, está blofeando.

Smith suspira y mira a Freddy, cuando vuelve a hablarle a Coster, lo hace con una sonrisa.

—Sabemos que tú y tu grupo quisieron atacar a Ainara Pons —dice Smith y el hombre se pone pálido—. Parece que Ainara fue más rápida que ustedes y los recibió con un regalito. Encontramos tu sangre en el lugar y hay testigos que te vieron salir arrastrándote de la escena del crimen. No sé exactamente por qué sobreviviste o cómo escapaste a la ametralladora del compañero de Ainara, pero de una u otra manera lo averiguaremos, así que es mejor que hables.

Coster no dice nada, permanece en silencio sin saber qué hacer. Está midiendo las consecuencias. Él no sabe que Smith no tiene ninguna de las evidencias que esgrimió y que son solo suposiciones. Pero en todo caso, cree que no lo pueden acusar más que de delitos menores, portación de armas o cosas así. Es por eso que decide no hablar, si no lo dejan irse, tendrá que llamar a un abogado.

Al ver que no responde, Smith juega sus últimas cartas. Ha leído ya el expediente del caso que le pasó el jefe del Departamento de Policía y encontró cómo incriminarlo.

—Mira, Coster —prosigue Smith—, no sé si fuiste tú o uno de tus compañeros, pero en una habitación del motel cercana a la de la explosión, encontramos un cuerpo degollado con un cuchillo militar. Así que si confiesas, en lugar de acusarte de asesinato o cómplice de homicidio, podremos decir que solo estabas ahí como apoyo, y podrás entrar al programa de protección de testigos.

El hombre continúa sin decir nada. Entonces, Smith revisa su teléfono y busca una foto. Freddy se sorprende al verla.

—Puedo darte incluso un obsequio —dice Smith mientras le muestra su móvil con la imagen de Ainara y Bennett entrando al hospital en el que se toparon frente a frente—. ¿Ves? Este que está junto a Ainara es el tipo que te disparó, ¿verdad? Si confiesas y nos das todos los detalles, lo podremos acusar a él por lo que te hizo. Si no lo haces, él seguirá por allí libre mientras tú pasarás tus días en esa silla de ruedas.

Coster duda un instante, pero su rencor por Bennett es muy grande y habla.

—Ustedes no entienden —dice—, si digo algo, mi vida no valdrá un centavo.

—El que no comprende eres tú —prosigue Smith al darse cuenta de que ya lo tiene—. Tu vida ya no vale una mierda. Para mañana estarás en una cárcel federal de baja seguridad, paralítico y con una declaración pública del FBI diciendo que nos has contado todo y que pronto caerán tus jefes.

—Está bien, está bien —lo interrumpe Coster—. Primero que nada, quiero que quede en claro que yo no disparé ni acuchillé a nadie. Si me ponen frente a las armas que encontraron, identificaré la mía y verán que no se ha utilizado.

—Bien —dice Smith—. Te escuchamos y tomamos notas.

—En segundo lugar —prosigue Coster—, ese tipo me disparó a las piernas mientras yo estaba tirado en el suelo por la explosión.

—¿Por qué te disparó? —pregunta Smith.

—No lo sé —contesta Coster—, porque estaba loco.

—Vamos —dice Smith mientras hace ademán de levantarse—. Si nos vas a mentir, mejor nos vamos.

—No, esperen —dice Coster, frenándolos—. La mujer me tuvo en el suelo apuntándome con un arma en la cabeza y luego le hizo señas al tipo para que me dispare. El loco de la ametralladora me dijo algo así como que la policía me llevaría al hospital.

—¿Con qué arma te apuntaba la mujer? —pregunta Smith. Sabe que su respuesta confirmará si está diciendo la verdad.

—Con una Magnum Smith & Wesson —contesta

Coster y Smith suspira. Ahora está seguro de que se trató de Ainara.

—¿Por qué te apuntó con el arma? —pregunta Freddy, que interviene por primera vez.

—Quería información —responde Coster.

—¿Sobre qué? —pregunta Freddy.

—Sobre la persona que nos contrató —contesta el hombre.

—Ya basta, Coster —interrumpe Smith, cansado de que el hombre dé la información a cuentagotas—. Dinos quién los contrató y qué intentaban hacer.

—Bueno. —Duda un instante el mercenario. No puede decir que iban a matar a Ainara porque quedaría como cómplice de intento de homicidio. Además, ninguno de sus compañeros quedó con vida para desmentirlo—. No sé cuál era la misión general del equipo. Sabía que iban por una mujer, pero no sabía para qué. Yo solo debía llegar hasta la puerta, tirarla abajo con un ariete y quedarme afuera vigilando.

—Esto no me sirve para nada —dice Smith—. Dime quién los contrató y por qué.

—Nos contrató el Titiritero —responde—. Sé que tiene algo en contra de esa mujer, pero nada más.

—¿Quién demonios es el Titiritero? —pregunta Smith.

—Sé que su verdadero nombre es Vladimir Kurganov —contesta Coster—. Sin embargo, nunca lo vi. Era mi jefe quien trataba con él, pero mi jefe no salió con vida de ese motel.

—¿Dónde encontramos a ese Titiritero? —pregunta Freddy.

—No tengo idea —responde—. Sé que pronto realizará otro apagón, pero no sé en qué ciudad.

Smith mira a Freddy, sorprendido. Acaba de descubrir que quien persigue a Ainara es el mismo que está detrás de los apagones. Habían supuesto que entre una cosa y otra había alguna relación, pero era solo una hipótesis de trabajo para que no los sacaran del caso. Ahora todo cambia. Tienen la comprobación de que ambas cosas están relacionadas y, por lo tanto, están más cerca del responsable de los atentados que cualquier otra agencia del Gobierno. Esto le dará a Smith autorización máxima y acceso ilimitado a donde quiera. Antes de venir a la estación de Policía, había leído los últimos informes y parecía ser que el presidente podía declarar la ley marcial en Washington D. C. por la amenaza al Pentágono. Ahora que ellos tenían un nombre, las puertas se les abrirían y obtendrían todos los recursos que quisieran.

Por otro lado, Coster había omitido la información sobre el arma de alta tecnología, no quería estar ligado a ese tema y no había nadie con vida que lo pudiera hacer. Les dijo a los agentes lo justo y necesario para obtener inmunidad, ni una palabra más.

—Entonces —dice Smith—, para que quede claro, el hombre que persigue a Ainara es el mismo que está generando los atentados. ¿Es así?

—Sí —contesta Coster—, pero no sé nada más, se los juro.

Smith respira profundo y se pone de pie. Luego mira hacia el gran espejo que tiene la habitación. Freddy también se pone de pie. La puerta se abre y entran dos detectives.

—Ahora les repetirás a ellos —le dice Smith a Coster — lo mismo que nos contaste a nosotros y responderás todas sus preguntas. Si lo haces bien, tienes una oportunidad de salir airoso de esta.

Smith y Freddy se dan media vuelta y se marchan. Han descubierto más de lo que esperaban.

—¿Alguna vez escuchaste hablar del Titiritero Kurganov? —le pregunta Smith a Freddy mientras van saliendo de la estación de Policía.

—No —miente Tanaka—, es la primera vez que escucho esos nombres.

—Para ser alguien tan peligroso —dice Smith—, ha logrado esquivar muy bien el radar del FBI. Tendré que hablar con algún amigo de la CIA. No hay delincuente que les pase desapercibido a las dos agencias a la vez.

30

NUESTRAS VIDAS NO VOLVERÁN
A SER LAS MISMAS

Motel, Washington D. C.
Domingo, 25 de marzo, 11:20 a. m.

Esta mañana, apenas amaneció, fui con Peter hasta la base militar para echar un vistazo. El lugar parecía normal. Como lo muestra Internet, tiene el aspecto de un lugar administrativo más que de investigación científica. Pero de eso se trata una instalación secreta, de que no llame la atención.

—No lo sé, Ainara —me dijo Peter—. Suponiendo que logremos entrar, creo que esa sería la parte sencilla. Imagino que si el Titiritero entra aquí para llevarse algo importante, lo hará con un ejército.

—Puede que tengas razón —le dije—. Pero tal vez tenga una solución para eso. Debo hacer unas llamadas.

Luego de eso volvimos al motel y, mientras viajábamos, hice las llamadas que necesitaba. La primera resultó como esperaba, pedí ayuda y prometieron ayudarme. La segunda, en cambio, fue más difícil. Debía hablar con Thornton y tenía que hacerlo teniendo cuidado sobre lo que le contaba. No estaba segura de su sinceridad, los mensajes del Titiritero lo acusaban de traidor y pensé que, tal vez, había estado buscando la traición en el lugar equivocado. Independientemente de lo que me dijeron Carlisky y Milsen, era necesario tener en cuenta que aún podía seguir siendo otra trampa de Kurganov. Esa era una alternativa que me liberaba de la tristeza de tener un traidor en mi equipo. Así que decidí que, hasta el último momento, seguiría con la puerta abierta a que suceda lo mejor.

—Estaba preocupado, Ainara —dijo Thornton en cuanto escuchó mi voz—. Traté de comunicarme contigo, pero fue inútil.

—Debí descartar mi teléfono —le expliqué—. Kurganov ha estado siempre un paso delante de nosotros, teniéndonos trampas. La única forma de evitar eso fue manteniéndonos aislados. Sin embargo, ahora necesito tu ayuda.

—Dime, Ainara —responde Thornton—, pero desde ya te digo que no podré hacerte entrar al Pentágono. Luego de lo sucedido en el Capitolio, estamos en una situación complicada. Aunque desde el Departamento de Defensa lo negamos todo, el FBI insiste en que te estamos cubriendo. Me encargué de las cámaras de seguridad del Capitolio, así que no hay rastro de tu presencia allí. Pero el Pentágono ya es otra cosa. El presidente declaró alerta amarilla, por lo que el Pentágono estará custodiado por el Ejército.

—No te preocupes por eso —le dije—. No es al Pentágono a donde quiero entrar.

—¿A qué te refieres? —preguntó Thornton.

—Hay una base militar —le expliqué—, la American Military Society. Creemos que en ella puede haber una pista sobre Kurganov.

—¿Y qué haría Kurganov en una base militar? —preguntó Thornton al no comprender la relación.

—Sabemos que tiene infiltrados en todos lados —mentí—, creemos que podemos localizar a alguien en esa base que nos conduzca a Kurganov.

—Bien —respondió—. ¿Qué necesitas?

—Preciso autorización para entrar al lugar, y tiene que ser para hoy por la tarde —le expliqué—. Podemos utilizar la misma identificación que nos diste en el Capitolio. Pero necesitaré hacer entrar a más gente.

—¿Cuánta? —preguntó Thornton.

—Aún no lo sé —contesté—. Pero tú eres el secretario de Defensa, estoy segura de que lo resolverás.

—Okey —respondió Thornton—, sé con quién hablar. Te llamaré más tarde para darte los detalles.

Cuando llegamos al motel, le expliqué al resto del equipo que debíamos esperar el llamado del secretario de Defensa. Era necesario que tengan sus armas preparadas porque no sabíamos con lo que podíamos encontrarnos. Le escribí a Freddy para preguntarle si tenía alguna novedad y él me llamó de inmediato.

—Smith ya sabe de Kurganov —me dijo casi sin saludarme—. Tiene una idea bastante cercana de lo que está pasando realmente, así que esa es una buena noticia. Está más preocupado por entenderte que por atraparte.

—Por fin algo bueno —le respondí.

—Sí —prosiguió—. El mercenario que Bennett dejó en silla de ruedas cantó como un pichón. Así que al menos una agencia del Gobierno ya sabe lo que está pasando y comienza a trabajar de tu lado. Supongo que Smith ya pasó el informe y la Policía de Washington D. C. tiene la declaración. En este momento se deben estar poniendo en marcha los recursos de todas las fuerzas para atrapar al Titiritero.

—Creemos que atacará cuando oscurezca —le conté—. Tenemos una fuerte sospecha de dónde será.

—¿No será en el Pentágono, verdad? —preguntó Freddy—. Se está reforzando la seguridad allí, pero nadie cree que se atrevan.

—Nosotros tampoco creemos que lo hagan allí —le explico—. Hay una base militar en la que creemos se trabaja con armas experimentales. Sus ojos y recursos estarán puestos en el Pentágono, será más fácil entrar allí.

—Entiendo —me responde—, estaré atento a lo que pueda suceder. Solo avísame si debo llevar a Smith hacia donde estás tú o alejarlo, ya no sé qué es mejor.

Sonreí al escuchar sus palabras.

—Creo que por el momento es mejor tenerlo lejos —respondí—. Cualquier cosa, te aviso.

La charla con Freddy me hizo pensar de nuevo en qué sucederá si todo sale bien. Si atrapamos a Kurganov y me exoneran de todos los cargos, ¿qué haré? ¿Iré a estrechar la mano de Smith? Es de locos pensar que algo así sea posible, pero tal como se están dando las cosas, creo que el propio Smith comprendería la situación.

Mi teléfono suena y atiendo. Es Thornton.

—Listo, Ainara —me dice—. Tú y tus tres compañeros utilizarán los mismos nombres que usaron en el Capitolio. El resto de tu gente estará a tu cargo. Le pedí el favor a un general amigo mío, no le gustó que metiera gente en alguna de sus bases, pero le expliqué que estábamos tras una pista sobre los atentados y no pudo rehusarse. Hoy se realiza un encuentro de veteranos a partir de las cinco de la tarde, esa será tu coartada. Estuvo a punto de suspenderse porque el destacamento estable de esa base no se encontrará allí hoy, fue enviado a patrullar los alrededores del Pentágono. Espero que tu gente pueda hacerse pasar por excombatientes.

—Excelente —le contesto—. No te preocupes por eso, todos lo creerán.

Termino la comunicación con Thornton y miro a mi equipo. Estamos todos juntos en mi habitación. Si tenemos éxito hoy, nuestras vidas no volverán a ser las mismas. Si nos equivocamos… Bueno, si nos equivocamos, siempre tendremos otra oportunidad.

—Está hecho —les digo—. Ya estamos adentro de la base militar, hay que prepararse. Alain, ¿cómo está tu brazo?

—Bien, Ainara —me responde, moviéndolo, ya se ha quitado el cabestrillo y solo está vendado—. Estoy en condiciones de volver al ruedo.

—¿Puedes manejar? —le pregunto.

—Sí, como siempre —me responde.

—Entonces, tú y Junior deberán realizar un trabajo especial —les digo—. En cuanto afine los detalles, les explicaré.

UN PEQUEÑO EJÉRCITO

AMERICAN MILITARY SOCIETY, Washington D. C.
Domingo, 25 de marzo, 6:00 p. m.

NOS ENCONTRAMOS a cinco calles de la base militar. El coche está aparcado. Peter se halla al volante, yo a su lado y Andrew con Kim están sentados detrás. Junior y Alain fueron a realizar el encargo que les pedí. Ahora los estamos esperando. Kim y Andrew no saben lo que fueron a hacer, preferí no decirles nada. Aún es mejor que ellos no sepan las cosas de antemano. El fantasma de la traición sigue dando vueltas en mi cabeza.

Sin embargo, el misterio está por acabarse. Veo por el espejo retrovisor que llegan dos furgones blancos bastante grandes. Veo a Alain y a Junior por la ventanilla pasar junto a nosotros muy despacio. Ellos conducen los furgones y se detienen justo delante de nosotros. Se abren las puertas de los conductores y bajan mis amigos. Ellos caminan hacia los costados de sus respectivos vehículos y abren las puertas corredizas. Peter, Andrew y Kim también bajan del coche. Peter tiene una sonrisa en su rostro porque sabe de qué se trata, él estaba conmigo cuando realicé la llamada esta mañana. Por el contrario, Andrew y Kim miran intrigados.

Pronto veo asomarse un rostro conocido. Es Robert Callahan, un excombatiente amigo de Dexter O'Sullivan, el padre de Alain. Vienen diez veteranos en cada furgón. Alain y Junior los alquilaron y los fueron a buscar a la estación de autobuses. Robert me había llamado más temprano para decirme a qué hora llegarían.

—Aquí está tu ejército, Peter —le digo y lo veo avanzar hacia Robert.

Se abrazan con fuerza. Es raro ver hombres tan rudos realizando demostraciones de afecto. Luego Robert se acerca a mí y también nos abrazamos, solo que con más suavidad y mucho respeto. Robert, junto con su equipo de veteranos, me salvó la vida hace algunos años. En ese momento estábamos investigando la muerte de Dexter y caí en una trampa de la que creí que no podría salir. Fue entonces que llegó este pequeño ejército a ayudarme, no sabía nada de ellos y ellos me conocían solo por los comentarios de Dexter, pero aun así arriesgaron sus vidas por mí.

—Hacía mucho que no te veía, Robert —dice Peter cuando Callahan me suelta.

—Desde que trabajabas con el viejo Dexter —le responde Robert. Andrew y Kim miran la escena sin comprender.

—Yo estuve presente cuando Dexter armó su brigada

—le explica Peter al resto del equipo, a mí ya me lo había dicho esta mañana—. Querían crear una fuerza independiente libre de corrupción para defender a los Estados Unidos.

—Espero que hoy podamos hacer eso —dice Callahan—. Sería un honor hacerlo junto a ustedes.

—Ya veremos —le contesto—. Primero debemos estar en el lugar correcto en el momento adecuado. Y segundo, debemos salir con vida.

—Tú dirás, Ainara —dice Callahan—, estamos a tus órdenes.

—Supongo que los muchachos ya te adelantaron algo —digo—. El plan es entrar a esa base militar, buscar una instalación secreta que no sabemos si existe, detener a unos delincuentes que no sabemos si estarán ahí y evitar que roben un arma que nadie conoce.

Robert se queda mirándome, luego mira a Peter y por último vuelve a mirarme a mí.

—Me parece un buen plan —dice sonriendo.

—Bien —respondo—, estaba segura de que te gustaría.

Miro a Junior, que está parado a un lado de Peter.

—Tú y Andrew se quedarán afuera en el coche de refuerzo —le explico. Después me dirijo a Andrew—. Quiero que con tus dispositivos vigilen el lugar, y que rastrees cualquier aviso de la policía o lo que creas que pueda complicarnos las cosas.

—Traje todo lo que necesito —responde Andrew. No es bueno con las armas, será de más ayuda aquí afuera que adentro.

Con Junior dudé bastante. No sabía si pedirle que

viniera con nosotros o que se quedara afuera. Pero alguien debe estar con Andrew, y tiene la credencial del Departamento de Defensa si necesita intervenir de alguna manera.

—Todos los demás —prosigo— vienen conmigo.

—¿Estás segura de que quieres que entre? —me pregunta Kim—. No quiero ser un estorbo.

—Llevas entrenando con tu arma desde hace años —le respondo—. Además, eres la única que tiene licencia para usarla. No sabemos lo que encontraremos allí adentro, necesito que me cubras la espalda.

Kim asiente con la cabeza.

—Vamos —digo y todos subimos a los furgones. Alain sigue manejando el que había conducido hasta aquí y Peter toma el volante del otro. Callahan sube al lado de Peter mientras que Kim y yo vamos al vehículo que conduce Alain. Estamos a solo un minuto de la base militar. Los vehículos arrancan y Junior con Andrew nos siguen en el coche. Ya no hay marcha atrás.

MASACRE

AMERICAN MILITARY SOCIETY, Washington D. C.
Domingo, 25 de marzo, 6:10 p. m.

LLEGAMOS en los furgones hasta la entrada de la base. Nos detenemos y el guardia a cargo se acerca a la ventanilla del conductor. Bennett baja el vidrio y se saludan.

—Venimos al encuentro de veteranos —dice Peter mostrándole su credencial del Departamento de Defensa.

El guardia revisa la credencial y la coteja con sus papeles.

—Bien —afirma—, necesito ver atrás.

Peter baja y van hasta el lateral del vehículo. Abre la puerta y el militar se asoma para mirar dentro. Ve al grupo de veteranos sentados. Todos realizan el saludo militar, llevando la mano derecha a la sien. El guardia no ve nada raro y va hasta el segundo vehículo. Repite el mismo procedimiento, es Alain el que le muestra su credencial. Después de ver que todo está bien en el interior, el militar vuelve a la entrada.

—Vayan a la derecha hasta el aparcamiento —le dice a Peter—, el salón del evento está justo enfrente.

—Gracias —responde Peter, y después de que el guardia levanta la barrera, ingresamos.

Llegamos al aparcamiento, que se encuentra a cincuenta metros de la entrada. Hay dos camionetas militares estacionadas y varios coches. Bajamos, y cuando los veo a todos fuera de los vehículos, advierto que lucen realmente peligrosos.

—Mira, Ainara —dice Peter señalando una reja que se encuentra más adelante y tiene un cartel que indica que es un área restringida. Hay otra estación de seguridad justo a un lado de la entrada a ese sector.

—Creo que es allí donde podría estar la instalación secreta —digo mientras busco el lugar al que debemos dirigirnos. Tenemos que ir al evento de veteranos y vigilar desde allí cualquier movimiento extraño. Mi autorización no es suficiente para entrar al área restringida, así que deberemos inventar algo sobre la marcha.

—Allí está la entrada al salón —dice Alain. Es un edificio en forma de «L» y la entrada está en el medio del cuerpo más largo.

Caminamos hacia la entrada del salón. Veo que hay dos militares apostados en la puerta que está cerrada, lo que me parece extraño, espero no sean un problema. A medida que nos acercamos, sigo mirando el área restringida y no encuentro una forma de entrar que no sea violenta. Cuando estamos a pocos metros de la entrada, ya no logro ver el sector prohibido porque queda oculto detrás del cuerpo más corto del edificio. Supongo que está hecho de esa manera adrede, para que la gente que viene a los eventos no esté curioseando.

Robert me mira.

—¿Deberemos entrar allí, verdad? —me pregunta señalando el área restringida.

—Supongo que sí —le respondo—, pero ahora debemos ingresar al salón. Encárgate tú de los guardias.

Lo dejo a Robert, que es el líder de su equipo, que vaya adelante. Al llegar se lleva la mano a la frente para saludar a los guardias y entrar, pero uno de ellos se le interpone.

—Un momento —dice—, no pueden ingresar. Es un evento privado.

—Sí —responde Callahan—, lo sé, pero estamos invitados.

—Lo siento —prosigue el guardia con un tono amenazante—. Ya todos los invitados están dentro, no puede ingresar nadie más.

Creo que debo intervenir, así que me adelanto y le enseño mi credencial.

—Soy del Departamento de Defensa —le digo, esperando que el hombre recapacite. Con mi rango debería alcanzar para que el guardia, que es un sargento, se haga a un lado—. Apártese, soldado, si no quiere terminar limpiando baños.

Los guardias se miran y luego llevan su mano a la pistola que tienen en la cintura.

—Aquí no entrará nadie —dice el hombre y se le ve dispuesto a todo.

Esto va más allá de una guardia común, tenía que

haber respondido a mi autoridad o llamado a un superior. Su actitud beligerante me indica que no es un verdadero soldado. Algo está pasando. Lo miro a Callahan y le hago un gesto con la cabeza, señalando a los guardias. Él me comprende perfectamente, porque de inmediato saca su arma. Los guardias también las sacan, pero de inmediato ven que hay como veinte armas más apuntándoles.

—No tienen ninguna oportunidad, muchacho —le dice Robert al guardia—. Mis hombres han sobrevivido a más de una guerra. ¿Crees que dudarán en volarles la cabeza?

El guardia que se había mantenido en silencio es el primero en soltar su pistola. El otro lo hace un segundo después. Cuatro de nuestros hombres se les van encima, les amarran las manos con precintos y los amordazan. Miro alrededor para ver si alguien nos ha visto, pero no hay nadie, la base está desierta. Desde nuestra posición, no nos alcanzan a ver de ninguna de las dos cabinas de seguridad, ni la del ingreso al complejo ni la del área restringida. Me apuro a abrir la puerta y entramos, trayendo a los guardias maniatados con nosotros. El lugar está vacío.

—¿Qué diablos pasa aquí? —pregunta Alain.

—La fiesta ya empezó —respondo, comprobando lo que había imaginado unos segundos atrás—. Estén atentos porque estábamos en lo cierto. Lo del Pentágono es una distracción, el ataque está sucediendo aquí y ahora.

—¿Por qué no hay nadie afuera? —pregunta Callahan— Normalmente, una base militar tiene más movimiento.

—El regimiento de esta base está con el asunto del Pentágono —explico—. Todo muy conveniente.

—Lo que no entiendo —dice Peter— es por qué esos mercenarios no querían dejarnos entrar si aquí no pasa nada.

—No estoy segura de que no pase nada —lo contradigo—, revisemos bien el lugar antes de sacar conclusiones.

Atamos a los guardias contra una pared y empezamos a revisar el sitio. Hay mesas, una barra y lo que parece ser la cocina. Voy hacia allí con varios de los hombres de Callahan. Al abrir la puerta, me encuentro con una visión horrible. Una decena de soldados muertos en un gran charco de sangre: están todos degollados.

—¡Diablos! —exclama Peter cuando entra unos instantes después—. Hijos de puta. Esto es una masacre innecesaria.

Entiendo a qué se refiere Peter. Por la edad de los soldados muertos me doy cuenta de que no son veteranos. Son jóvenes cadetes que vinieron a realizar el servicio de comida para el evento. Ni siquiera estaban armados, por lo que no pudieron defenderse. La comida está aún sobre la mesa, esperando a ser servida en una reunión que nunca ocurrirá.

—Vamos, Ainara —dice Peter arrastrándome del brazo. Sabe que me estoy llenando de furia y quiere que mantenga la calma—. Aquí no encontraremos nada.

Saco la Magnum que llevo bajo mi chaqueta.

—Se dónde encontrarlos —le digo a Peter mientras camino decidida hacia los hombres amarrados en una esquina del salón.

Me acerco a ellos mientras todos me observan. Levanto mi arma y la bajo, dándole un violento golpe en la cara a uno de los mercenarios. Luego le arranco la mordaza y le clavo el cañón de mi Magnum en la mejilla.

—¿Dónde están todos? —le pregunto y le empujo más fuerte el arma en el rostro.

—Están en el baño —me responde—. Entraron todos al baño.

33

KURGANOV TIENE CÓMPLICES

AMERICAN MILITARY SOCIETY, Washington D. C.
Domingo, 25 de marzo, 6:30 p. m.

BAJO MI ARMA y busco a mi alrededor la entrada al baño.

—Por aquí —grita uno de los hombres de Callahan señalando una pared al otro extremo del salón.

A primera vista no veo nada, pero el veterano da dos pasos y se pierde tras una pared. Recién entonces me doy cuenta, en la medida que camino hacia allí, comienzo a ver que hay una pared delante de otra exactamente igual que cubre las puertas del baño. Todos caminamos hacia allí a ver de qué se trata. Dos de los excombatientes se paran uno a cada lado de las puertas con sus armas en alto y me esperan. Yo me detengo enfrente de la puerta de caballeros y apunto hacia ella. Le hago una seña a Alain, que está a mi lado, y él, poniéndose también junto a la puerta, la empuja con su mano izquierda.

La puerta se abre y mi cuerpo se tensa, dispuesta a dispararle a cualquier cosa que se mueva. Pero nada. Allí no hay nadie. Veo entonces en el suelo lo que parece tierra esparcida. Doy dos pasos y me asomo dentro. A un costado veo una montaña de tierra y escombros. Ingreso al baño y puedo ver, detrás de los escombros, una enorme máquina. Veo luego un hoyo en el suelo. Entonces, comprendo que ese artefacto es una perforadora, tal vez algo que se usa en minería. Me acerco más y miro por el hoyo con mi arma, apuntando delante de mí. Hay luz allí abajo. Una escalera de metal desciende a cuatro metros de profundidad. Allí se observa un suelo de cemento. Guardo mi arma en la cintura y escucho como varios hombres se agolpan detrás de mí. Me doy vuelta y los miro. Ellos esperan.

—El Titiritero encontró otra forma de entrar a la base subterránea —digo—. No será necesario asaltar la entrada principal. Vamos.

—Rosswell y Peterson —dice Callahan—, ustedes vayan a la puerta del salón. Uno dentro y otro fuera, avisen si viene alguien.

Yo comienzo a bajar y los hombres hacen fila para venir detrás de mí. Veo a Alain y a Peter, pero no a Kim. Me detengo y vuelvo a subir. Los hombres se abren para dejarme pasar.

—Vayan bajando —les digo, y cuando salgo del baño, veo a Kim parada en el medio del salón—. ¿Qué haces, Kim? Vamos.

—Sí, Ainara —me responde mientras camina hacia mí—. No sabía si querías que vaya con ustedes o que me quede acá afuera.

Giro con Kim a mi lado y regreso al baño. Los hombres están bajando. Alain me espera, pero Peter ya debe estar abajo. Dos de los veteranos se hacen a un lado para dejarnos pasar y bajamos. Al llegar al suelo, miro a mi alrededor. Estamos en un corredor. Debe tener tres metros de ancho por tres metros de alto. Un metro de tierra y concreto separaban al corredor del baño.

—No sé en qué dirección ir, Ainara —dice Peter, que está parado unos metros delante.

—Por aquí —indica uno de los veteranos, que se ha alejado hasta uno de los extremos donde el túnel gira a la derecha.

Caminamos hacia allí y al llegar al codo del corredor veo un soldado en el suelo. Uno de los veteranos está sobre él tomándole los signos vitales. Me mira y niega con la cabeza. El uniformado está muerto.

—Sin duda, pasaron por aquí —afirma Peter—, es una pena que este sea el rastro que debamos seguir.

—No perdamos tiempo —digo y comienzo a caminar por el túnel. El equipo viene detrás de mí—. Kurganov está haciendo lo que vino a hacer, y si no nos apuramos, será demasiado tarde.

Seguimos por el corredor al trote y vemos dos cuerpos más en el suelo. Alain y un veterano se inclinan sobre ellos para revisarlos.

—Este sigue con vida —dice Alain—. ¿Qué hacemos?

Me detengo junto a él y pienso un segundo.

—Lo he estado pensando —explico—. Es domingo y hay menos gente en la base, lo acepto. Está la alerta en el Pentágono y el regimiento de esta base se fue para allá, lo acepto también. Pero nadie deja una instalación secreta con solo un par de guardias. Kurganov tiene cómplices aquí que le han dejado el camino libre. No podemos avisarle a nadie.

—Tampoco podemos dejar a un compañero caído —dice Callahan, que viene a mi lado.

—Que uno de tus hombres lo lleve al salón —digo—, que los hombres allí hagan lo que puedan hasta que hayamos terminado.

Retomo el paso y sigo avanzando. Callahan da instrucciones y uno de sus hombres se lleva al uniformado herido al hombro en dirección opuesta. Los demás seguimos hacia adelante hasta encontrar una puerta. Nos detenemos allí. Giro el picaporte con suavidad y la puerta se abre sin dificultad. Uno de los veteranos me detiene, tomándome del brazo.

—Espera —dice susurrando.

Otro de los veteranos viene con una vara que sostiene un móvil, de esas que se utilizan para realizar selfis. Lo pasa por la apertura de la puerta que está apenas corrida. Otro de los excombatientes me muestra una *tablet*, en la que se puede ver lo que transmite el móvil. Es una enorme sala que se abre hacia abajo. No puedo distinguir qué tan grande es, pero el techo está cerca. En el nivel en que estamos hay una baranda que no deja ver lo que hay abajo. El veterano levanta la vara lo más alto que puede y allí se alcanza a ver parte del nivel inferior. Se ve a hombres trabajando en torno a una maquinaria de la que solo observo un extremo. El veterano manipula la cámara para revisar el entorno. De repente se detiene.

A un metro a la izquierda de la puerta hay un mercenario mirando hacia abajo, observando lo que hacen sus compañeros. Con lentitud, saca la cámara y nos mira. Callahan le hace señas a uno de sus hombres y este se aproxima. Callahan, siempre a través de señas, le indica que hay un enemigo al otro lado de la puerta al que debe anular en silencio. El hombre asiente con la cabeza y saca de un bolsillo una especie de pañuelo que toma con las dos manos. El hombre se pone en posición y Callahan aferra el picaporte. Abre la puerta rápido y el otro veterano se lanza como un rayo hacia el otro lado. Así como entra, sale con el mercenario apresado entre sus brazos.

Con el pañuelo le ha tapado la boca con tanta fuerza que el tipo no puede emitir ni un sonido. Apenas están de este lado de la puerta, otro de nuestros hombres le da un culatazo en la sien que lo deja inconsciente. Velozmente, se lo pasan uno a otro hacia atrás hasta que dos de los veteranos lo amarran de pies y manos, dejándolo a un costado.

—Por lo que vi por la cámara —dice Callahan—, podremos entrar en silencio y agazapados contra la pared. ¿Tú qué crees? —le pregunta al hombre que acaba de entrar y salir con el mercenario.

—Positivo —responde—. Está bastante oscuro. No llegué a ver abajo, pero aquí arriba podemos entrar de a uno.

—¿Qué dices, Ainara? —me pregunta Robert—. ¿Vamos?

—¿Qué otra cosa podemos hacer? —le respondo con otra pregunta—. Voy primero.

34

SIEMPRE TE TUVE VIGILADA

AMERICAN MILITARY SOCIETY, Washington D. C.
Domingo, 25 de marzo 6:45 p. m.

PASO POR LA PUERTA, agachada y apoyada contra la pared. Estoy en una plataforma, es una especie de balcón de dos metros de largo por uno de ancho del que se baja por una escalera. Me acerco un poco a la baranda y me asomo por encima de ella. Vuelvo a ver lo que vi por la cámara. Diez metros abajo se encuentra el nivel inferior. Allí están los mercenarios trabajando sobre el artefacto, no tengo idea de lo que es, pero podría ser el arma de la que habló el tipo que atrapamos en el motel. Al otro lado del salón está la entrada principal, es un gran elevador. Ya están Callahan y Peter detrás de mí. Doy unos pasos al costado, siempre agachada, y comienzo a bajar por la escalera, que desciende pegada al muro. Las luces que iluminan el lugar salen de las paredes un par de metros por debajo de donde estamos, por lo que tenemos un cierto amparo de la oscuridad, al menos al principio. De todos modos, si nos mantenemos abajo, estaremos cubiertos por el parapeto que protege la escalera. De repente se corta la luz y quedamos totalmente a oscuras. Sin embargo, un sonido de motor se escucha abajo y se ve un resplandor. Me vuelvo a asomar y veo tres luces en pies metálicos que apuntan a la máquina. Estos tres focos están conectados a una máquina más pequeña a un costado. Es un generador eléctrico, lo deben haber traído ellos para este momento, el del apagón. Por la hora, afuera ya ha anochecido y todo Washington D. C. debe estar a oscuras. Suena un ruido metálico y se encienden unas luces rojas de emergencia. Como apenas iluminan el lugar, así podemos llegar hasta abajo sin ser vistos. Sigo avanzando y los demás vienen detrás de mí en fila. Peter, Robert, Kim, otro veterano y Alain son los que alcanzo a ver.

Al llegar al extremo de la escalera, me asomo y veo mejor la escena. Hay entre quince y veinte hombres, estamos parejos. El artefacto no es tan grande, tiene la forma y tamaño de un refrigerador acostado. Advierto que lo han montado sobre una especie de carro: intentarán llevárselo. Escucho que el hombre que está parado de espaldas a mí y frente al aparato, que tiene una pantalla digital que parece la consola de control, comienza a hablar.

—Estamos preparados, señores —dice aquel sujeto y reconozco su voz. Después de tantos años, la voz de Kurganov resuena en mi mente, generándome escalofríos.

Parte de mis compañeros pasan a mi lado para ubicarse alrededor de los mercenarios. La diferencia de intensidad entre las luces blancas del generador y las rojas de emergencia hace que nadie nos vea.

—Ha llegado el momento de que el mundo tiemble —dice Kurganov y acerca su mano a la pantalla.

Me enderezo y salgo de la oscuridad con mi arma en alto.

—No muevas un dedo, Kurganov, o te vuelo los sesos —lo amenazo apuntándole a la cabeza.

Sus hombres me apuntan con sus armas y los míos los apuntan a ellos. Hay armas mirando en todas direcciones, en cuanto suene un disparo, esto será una carnicería.

—Qué inesperada sorpresa, Ainara Pons —dice el Titiritero mientras gira con lentitud—. Veo que esta vez has prestado más atención y no caíste en mi trampa.

—Esto se ha acabado, Kurganov —le digo—. No entiendo por qué has hecho todo esto, ni por qué estás tan obsesionado conmigo, pero diles a tus hombres que arrojen sus armas y no correrá más sangre.

—Como que no entendiste, ¿no? —dice Kurganov molesto—. Si te lo expliqué en mis mensajes. ¿No me digas que me esforcé tanto para nada?

—Comprendí tus mensajes —le respondo—. Con el último apagón me dijiste que era por lo de Omán, pero no me parece algo tan traumático como para toda esta locura. Solo perdiste unos cuantos miles de dólares.

—¿Tú crees que solo perdí dólares? —dice Kurganov casi ofendido—. Entendiste mal, Ainara. No fueron dólares los que perdí, ni era Omán la palabra clave.

No sé de qué habla. Me mira como esperando otro intento, pero no sé qué decirle. Entonces se agarra las manos. Tiene guantes. Comienza a sacarse el guante de la mano derecha y veo algo metálico debajo. Levanta esa mano para mostrármela y no es una mano real, es una especie de mano robótica.

—No era Omán la palabra —dice moviendo sus dedos metálicos—. Era «mano». Me hiciste perder una mano.

Recuerdo entonces aquella noche en que al llegar donde lo había dejado, Kurganov ya no estaba. En su lugar, encontré las esposas vacías en un charco de sangre. Ahora todo está más claro.

—Me llevó bastante tiempo aprender a usar la otra mano —prosigue Kurganov—, tuve muchas operaciones y prótesis hasta que llegué a esta.

—Estás loco, Kurganov —le digo meneando la cabeza—. ¿Todos esos apagones solo para vengarte?

—Sigues sin entender, Ainara —me dice negando con la cabeza como si estuviera decepcionado—. La venganza fue solo un extra para divertirme. Los apagones tuvieron el principal objetivo de despistar. Este es el único apagón que importa. Esta belleza que está detrás de mí puede acabar con la vida como la conocemos. Necesitaba el corte de luz para dejarlo fuera de línea y reiniciarlo. Ahora tengo control sobre él. Con ese generador le doy la suficiente energía para poder llevármelo de aquí, pero antes voy a utilizarlo para dar una muestra de su poder.

—No sé qué es ese aparato —le digo—, pero no te lo llevarás a ningún lado.

—¿No lo sabes? —pregunta sorprendido—. Esta máquina es capaz de enviar pulsos electromagnéticos controlados. En la frecuencia exacta que uno decida. ¿Entiendes? Una bomba atómica destruye todo a su paso y deja una radiación que hace imposible la vida durante décadas. Un virus es imposible de controlar porque muta y puede atacarte sin importar cuántas vacunas te administren. En cambio, esta maravilla puede desactivar cualquier artefacto eléctrico en kilómetros, o enfermar a la gente expuesta sin dejar residuos tóxicos. Es el arma perfecta. ¿Ves? Por ejemplo, ahora está configurado para dejar todos los dispositivos de telecomunicación inútiles en un kilómetro a la redonda. Solo debo tocar este botón…

—Alto ahí, Kurganov —le grito cuando veo que intenta acercarse a la pantalla—. De nada te servirá dejarme sin teléfono si te quito la vida. Entiéndelo, perdiste.

Kurganov sonríe.

—La que perdiste eres tú —responde Kurganov en el momento que siento el cañón de un arma en mi espalda —. Baja la pistola, siempre te tuve vigilada.

35

PERDÓNAME AINARA

American Military Society, Washington D. C.
Domingo, 25 de marzo, 7:00 p. m.

Cierro los ojos y suspiro. Esperaba no llegar a esto.

—¿Por qué lo haces, Kim? —digo todavía sin verla.

Bajo mi arma, la dejo caer al suelo y giro para mirarla a los ojos.

—Milsen me dijo tu nombre en el hospital antes de morir y todo se me aclaró, solo me falta comprender por qué. Sabía que me habías traicionado —prosigo—. Te traje para darte una oportunidad, para que puedas tomar una decisión distinta y ponerte del lado de los que te aman.

—Lo siento, Ainara —dice Kim con la voz temblorosa—. Tú, yo, todos aquí hemos vivido mucho, pero mi sobrina es apenas una niña. Si no hacía lo que Kurganov me pedía, ella y mi hermano hubieran muerto. Los tiene secuestrados vaya a saber dónde.

—Me hubieras dicho, Kim —le digo—. Los hubiéramos rescatado.

—Sabes que el Titiritero tiene ojos en todos lados —me dice y veo que una lágrima le corre por la mejilla—. En el momento que hicieras un movimiento, ellos habrían muerto.

—Basta de charlas —dice Kurganov, y cuando giro, lo veo apretando el botón. Un gráfico de ondas muestra una alteración, pero no se siente nada—. Ya está, nadie podrá comunicarse en un kilómetro, así que nadie sabrá que nos llevamos esta máquina.

—Kim —le digo apelando a su consciencia mientras la vuelvo a mirar—. ¿Cómo pudiste?

—Es que solo debía atraparte el FBI —me dice disculpándose—, no me dijeron nada de que tratarían de matarte.

—Ahora no está el FBI aquí —le digo— y tú estás a punto de matarme.

Kim mira el arma en su mano y comienza a llorar. Cuando advierto su flaqueza, me muevo rápido y le doy un puñetazo en el rostro. El arma se dispara sin darle a nadie y comienza un tiroteo. Corro hacia un costado, agazapándome junto a unas cajoneras para cubrirme porque no tengo mi arma. Siento entonces una mano fría que toma mi cuello con fuerza y me arroja al suelo sin soltarme. Lo veo a Kurganov sobre mí. Con su mano metálica, me aprieta el cuello, y con la otra, me apunta con un arma.

—Cuando lance el pulso electromagnético y deje a

todo el país en silencio —me explica Kurganov—, mis agentes dobles implicarán a Rusia en el incidente y se desatará la última gran guerra. El traidor de Thornton no podrá seguir robando.

—¿A qué te refieres? —le pregunto casi sin poder hablar por la presión de su garra en mi cuello.

—Éramos socios —dice—, siempre lo fuimos. Fue él quien me avisó hace años de la redada en la que casi me atrapas. Pero hace un mes se volvió contra mí, no estaba de acuerdo con mis planes. No podía arreglar su situación y por eso te contrató para frenarme. En este momento le están llegando al presidente documentos que implican al secretario de Defensa en este atentado. Cuando sea depuesto, su segundo al mando se hará cargo de la seguridad nacional en esta crisis con poderes extraordinarios. Ese hombre también trabaja para mí.

Este maldito tenía todo planeado, nos manipuló como a títeres para ejecutar su plan. Mientras escucho gritos y disparos a mi alrededor, me apunta con su arma y sé que disparará. Entiendo que todo ha terminado, que se saldrá con la suya.

Entonces, veo que se sacude. Su arma cae y se lleva la mano hacia atrás, a la espalda. La vuelve a traer y la mira, está ensangrentada. Entorna los ojos y cae sobre mí. Tomo su mano metálica, que sigue apretándome el cuello, y me esfuerzo para quitármela. Luego empujo el cuerpo de Kurganov a un costado y veo a Kim parada detrás de él con la pistola humeante en su mano. Cae de rodillas frente a mí, llorando desconsolada.

—Perdóname, Ainara —dice Kim casi a los gritos—. Por favor, lo siento.

La abrazo.

—Ya está —le digo—, ya pasó.

Luego miro alrededor y contemplo el sangriento combate.

—¡Kurganov ha muerto! —grito lo más fuerte que puedo—. Depongan sus armas.

Veo que los mercenarios se repliegan sin saber qué hacer y, al verse superados y sin jefe, bajan sus armas. Los hombres de Callahan los apresan.

—Debemos salir de aquí, Ainara —me dice Alain en el mismo instante en que vuelve la luz.

Dejamos a los hombres de Kurganov atados y comenzamos a subir la escalera. Veo que en el otro extremo de la gran sala, donde está la entrada principal, se activa el elevador.

—Salgamos de aquí que ya vienen —dice Callahan. En cuanto el último atraviesa la puerta que da al túnel, escuchamos que el elevador se abre.

Corremos hasta la salida y nos encontramos con los veteranos que dejamos de guardia. Abrimos la puerta del salón y salimos tranquilamente hacia los vehículos. Arrancamos y vamos hacia la salida. Cuando llegamos, nos encontramos con el guardia esperándonos.

—¿Ha sucedido algo? —le pregunta Peter desde la ventanilla—. Nuestros móviles no funcionan.

—Yo también estoy incomunicado —dice el guardia —, no funciona nada, pero no puedo dejar mi puesto. Salgan.

EPÍLOGO

BÚNKER DE ANDREW, Nueva York
Lunes, 26 de marzo, 2:00 a. m.

LUEGO DE SALIR de la base militar, no tardamos mucho en decidir el próximo paso. Estábamos de acuerdo en que había que salir de Washington D. C. Teníamos los vehículos alquilados con el tanque lleno, así que emprendimos el viaje a Nueva York. Tardamos cinco horas en llegar. Dejamos al equipo de Callahan donde nos pidieron y fuimos hacia el búnker de Andrew. Alain y Junior se encargaron de deshacerse de los vehículos. Al ver las noticias en las redes, nos enteramos de que escapamos justo a tiempo. Minutos después de que el pulso electromagnético dejara incomunicada a parte de la ciudad, el presidente declaró la ley marcial en Washington D. C. Si nos hubiéramos demorado, hubiera sido muy difícil salir.

Apenas llegados al búnker, quise hablar con Thornton, pero ya no contestó. Fue Freddy quien una hora más tarde nos llamó para ponernos al tanto de lo que pudo averiguar. Efectivamente, Thornton había sido arrestado y se estaba realizando una investigación. De la base militar no sabía nada. Smith y él estuvieron en el arresto. Smith no obtuvo más información sobre nuestro paradero y tuvo que regresarse. Al ser una instalación secreta, todo lo que sucedió allí adentro difícilmente saldría alguna vez a la luz. Vería entonces si podía averiguar algo al respecto, sobre todo acerca de Kurganov, pero lo veía difícil. Lo vimos caer por el disparo de Kim, pero no sé si murió o logró sobrevivir. Es de esperar que sus mercenarios, una vez detenidos por el Ejército, hayan dicho todo lo que sabían. Si la declaración de aquellos coincidía en cierta medida con la de Thornton, eso debería dar por cerrado el caso y dejar a mi gente y a la de Callahan afuera. Dependerá de lo que diga Thornton, si nos deja bien parados o nos incrimina. Le avisé a Freddy que el segundo de Thornton trabajaba para el Titiritero, no sé si podrá hacer algo.

Por lo pronto, deberé tener una larga conversación con Kim, esto no puede volver a suceder. Quizás esta sea una charla que debamos tener entre todos, porque esta vez fue ella, pero mañana podría pasar con cualquiera.

—Bueno —digo una vez que Junior y Alain han regresado—. Creo que este caso está cerrado. Supongo que los planes de Kurganov, de hacernos entrar en guerra con Rusia, fueron demasiado para Thornton. Una cosa es la ambición y otra la locura, por eso cambió de opinión e intentó detenerlo.

—Nos usó —advierte Peter y comprendo su sentimiento.

—Sí —dice Andrew—, pero si no termina preso, todavía puede cumplir con su palabra y exonerarlos.

—Dudo que quede libre —digo— y dudo que haya tenido alguna vez la intención de cumplir con su palabra. Al menos, salvamos a Estados Unidos y quizás detuvimos una guerra mundial. Creo que no es poca cosa.

—No sé si tenía la intención o no —dice Junior—, pero tenemos un documento firmado por él.

—¿De qué sirve un documento firmado por un preso? —pregunto.

—Eso no tiene importancia —explica Junior—. Thornton debe haber firmado cientos de documentos, que termine en la cárcel no anula ninguno.

—¿Estás diciendo que aún con Thornton preso podemos hacer valer ese documento? —pregunto.

—Ya te lo dije hace unos días, Ainara —me contesta—. Llevará más tiempo, pero podemos lograr que se homologue ese documento y que se haga efectiva tu exoneración.

No esperaba esas palabras de Junior. Con la traición de Thornton, había descartado la posibilidad de obtener el indulto. Ahora le tocará a Junior avanzar con eso y ver qué resultado podemos obtener. Sin embargo, hasta que se llegue a algo con eso, deberemos seguir en la clandestinidad y no hacernos ilusiones.

FIN

Ainara regresa en la décima novela de la serie: *Viento de venganza*. Obtenla aquí:
https://geni.us/VientoDeVenganza

Puedes encontrar todas las novelas de la serie de Ainara Pons aquí:
https://geni.us/SerieAinaraPons

NOTAS DEL AUTOR

Espero hayas disfrutado la lectura de esta novela.

Si te gustó mi obra, por favor déjame una opinión en Amazon. Las críticas amables son buenas para los autores y los lectores... y un estudio reciente (realizado por mi persona) también indica que escribir una opinión positiva es bueno para el alma ☺

¿Sabías que ahora también puedes disfrutar de mis historias en audiolibros? Te invito a gozar de esta experiencia con mi relato *Los desaparecidos*. Escúchalo **gratis** aquí: https://soundcloud.com/raulgarbantes/losdesaparecidos

Finalmente, si deseas contactarte conmigo puedes escribirme directamente a raul@raulgarbantes.com.

Mis mejores deseos,
Raúl Garbantes

amazon.com/author/raulgarbantes

goodreads.com/raulgarbantes

instagram.com/raulgarbantes

facebook.com/autorraulgarbantes

x.com/rgarbantes

www.ingramcontent.com/pod-product-compliance
Lightning Source LLC
Chambersburg PA
CBHW030138180626
46812CB00002B/741